실상사

국립중앙도서관 출판시도서목록(CIP)

(정도상 소설)실상사 / 정도상 지음. — 파주 : 문학동네,
2004
  p. ;   cm. — (문학동네 소설집)

ISBN 89-8281-843-X 03810 : ₩8000

813.6-KDC4
895.735-DDC21   CIP2004001275

실상사

정
도
상
소
설

문학동네

차례

봄 실상사

하얀 옷을 입은 사람이 자전거를 타고 석장승 앞을 지나
실상사로 오고 있는 모습이 시선에 잡혔다.
햇살, 너풀거리는 하얀 옷, 두 개의 동그라미로 굴러가는 자전거,
가슴이 덜커덩 내려앉았다.
떨리는 가슴을 손으로 쓸어내리며 눈에 힘을 주었다.
바람에 살랑살랑 나부끼는 옷자락이며 어깨 부근까지 내려온 검은 머리로 보아
여자가 분명했다.

천왕문에서 바라본 천왕봉은 여전히 눈에 덮여 있었다.

눈에 덮인 천왕봉은 꼿꼿한 선비가 잔뜩 노한 얼굴로 사랑방에 홀로 앉아, 문 밖의 세상을 빤히 바라보는 모습처럼 서슬이 시퍼렸다.

약수암으로 올라갈까 바로 앞의 논둑에서 산책을 할까 잠시 망설였다. 숲속으로 아득하게 사라지는 약수암 가는 길, 연초록의 쑥이 동토를 비집고 올라와 옹기종기 모여 있는 논둑길, 나는 두 길을 번갈아 쳐다보았다. 어디로 갈까? 어찌하여 길은 이리도 많은 것일까? 눈을 감았다가 떴다. 그때 황소 한 마리가 눈길에 잡혔다. 누런 황소 한 마리가 천천히 논둑길을 걸으며 한가로이 쑥을 뜯고 있었다. 그 옆에는 허름한 작업복의 사내가 논둑에 앉아 담배를 피우며 앉아 있었다. 담배를 다 피운 뒤 옆에 있던 줄을 잡고 일어섰다. 사내는 줄을 당겼다. 황소는 그 줄 끝에 매달려 있었다.

주인의 고삐질에 이끌려 논으로 쑥 들어가는 게 보였다. 봄 햇살 아래, 논둑길에서 아지랑이가 어지럽게 피어오르고 있었다. 나의 망설임은 언제나 끝날까? 자장면이 먹고 싶어 중국음식점에 갔다가도 막상 짬뽕이라는 글자를 만나면 자장면과 짬뽕 사이에서 서성거리곤 했다. 생의 모든 순간마다 무언가를 선택해야 하는 게 정말 싫었지만, 돌이켜보면 내 생은 온통 머뭇거림 끝의 자신감 없는 선택으로 이루어져 있었다. 때로는 짬뽕을 선택했다가 다른 사람이 자장면을 먹는 걸 보면서 내 앞의 그릇을 다 비울 때까지 자장면이 맛있어 보여서 두고두고 후회했다. 가끔 마음이 흡족한 선택을 한 적도 있었으나 대개는 선택 뒤에 가혹한 후회가 뒤따르곤 했었다. 더구나 오래 망설인 뒤의 선택이 최악일 경우에는 아무런 대책도 세우지 못하고 무책임하게 달아나기 일쑤였다.

갈림길을 만날 때마다 언제나 어느 한쪽을 선뜻 선택하지 못하고 주저하며 머뭇거리는 내가 싫었다. 약수암으로 가는 하얀 길도 어린 쑥들이 수다를 떨며 돋아나고 있는 논둑길도 포기하고 엉뚱하게 해탈교에서 실상사로 들어오는 길에 눈길을 던졌다. 아! 짧은 탄식이 나도 모르게 터져나왔다. 하얀 옷을 입은 사람이 자전거를 타고 석장승 앞을 지나 실상사로 오고 있는 모습이 시선에 잡혔다. 하얀 옷과 자전거에서 나는 눈길을 떼지 못했다. 햇살, 너풀거리는 하얀 옷, 두 개의 동그라미로 굴러가는 자전거, 가슴이 덜커덩 내려앉았다. 떨리는 가슴을 손으로 쓸어내리며 눈에 힘을 주었다. 바람에 살랑살랑 나부끼는 옷자락이며 어깨 부근까지 내려온 검은 머리로 보아 여자가 분명했다. 여기서 기다릴까 아니면 천왕문 안으로 들어가 관광객처럼 어슬렁거리다가 우연히 마주친 것처럼 만날까? 나는 새로운 선택 앞에서 열심히 머뭇거렸고 망설였다. 그사이에 자전거는 스르르 달려왔고 나는 이러지도 저러지도 못하고 서 있었다. 자전거가 가까이 오자 나도 모르게 천왕문 안의 사천왕 앞으로 들어가 그늘 속에서 자전거와 여자를 훔쳐봤다.

바퀴가 돌고 돌았다.

가운데가 텅 빈 동그라미 두 개가 길 위를 천천히 굴러 천왕문 옆의 길로 들어섰다. 바퀴의 텅 빈 중심에 감춰진 바퀴살에 봄 햇살이 잘게 부서졌다. 여자가 천천히 바퀴를 굴리며 생태(生態)뒷간 아래의 공터를 향하고 있었다. 여자가 경쾌하게 자전거 페달을 밟을 때마다 검은 머리가 물결처럼 출렁거렸다. 나는 천왕문에서 나와 여자의 뒤를 눈길로 좇았다. 여자는 재활용품 분리수거장 옆에 자전거를 세워두고 바로 옆의 문 아닌 문을 통해 실상사로 들어갔다. 나도 얼른 천왕문을 통과해 경내로 들어섰다. 종루를 향해 걸으면서 자주 고개를 돌려 여자를 훔쳐보았다. 여자의 자태는 봄물이 오르는 버드나무 가지처럼 나긋나긋했다. 나는 여자의 자태에 넋을 빼앗겼다. 나는 두근거리는 가슴으로 동탑 쪽으로 갔다. 동탑에서 서탑을 보는 척하며 다시 여자를 살폈다. 여자는 연못가의 산수유나무 아래를 걷다가 슬쩍 고개를 들었다. 찰나, 내 가슴이 서늘해졌다.

'운서(雲西).'

오랫동안 가슴 깊은 곳에 은밀하게 침잠해 있던 그 이름. 온전하게 잊혀진 줄 알았던 이름이 슬쩍 돌아본 여자의 얼굴에서 매화처럼 생생하게 피어났다. 나도 모르게 여자를 향해 두어 걸음 옮겼다. 그러다 이내 걸음을 멈췄다. 아니야, 아닐 거야. 운서가 아닐 거야. 실상사와 나의 관계를 잘 아는 운서가 실상사에 올 리는 결코 없었다. 그래도 확인해볼까? 아니야, 확인해본들 지금 와서 어쩌자는 것인가? 운서인지 아닌지 확인해볼까 말까 고민하면서 나는 명부전으로 고개를 돌렸다. 뭘 어떻게 하겠다는 것은 아니지만 지금 확인해보지 않으면 영원히 확인할 수 없을 것 같은 마음이 들었다. 크게 숨을 내쉰 뒤에 몸을 돌렸다. 아⋯⋯! 내 앞에는 아무도 없었다. 그 자리에 서서 두리번거렸으나 여자는 흔적도 남기지 않고 사라진 뒤였다. 때늦은 내 선택을 후회하며 보광전과 약사전 사이의 유적발굴터로 천천히 걸었다. 공주박물관에서 나온 유적발굴단은 보광전과 약사전 뒤의 경내를 온통 뒤집어놓았다. 깨진 기왓장들이 천 년의 세월 속에 묻혀 있다가 세상으로 나와 여기저기 뒹굴고 있었다. 세월이 오래 흘러 내 가슴을 뒤집어놓으면 사랑의 파편들이 깨진 기왓장처럼 뒹굴고 있는 것을 볼 터인데⋯⋯ 깨진 기왓장, 난리를 만나 불타기 전에 금당 위에서 세월을 견뎠던 깨진 기왓장은 이제 아무짝에도 쓸모없는 파편으로만 남아 옛 시절의 한때를 증거하고 있었다. 나는 깨진 기왓장 하나를 집어 흙덩이를 털어냈다. 동그랗게 깨진 모양이 찻잔 받침으로 적당해 마음에 들었다. 깨진 기왓장을 주머니에 넣고 농장으로 가는 작은 문을 통해 실상사를 빠져나왔다. 발밑에 곧장 들판이 펼쳐졌다.

논둑에는 보라색 제비꽃, 달래, 냉이, 씀바귀며 여린 쑥이 한창이었다. 논둑에 쪼그리고 앉아 쑥을 캐 입 속에 넣었다. 쌉쌀하면서도 향긋한 쑥 맛이 혀끝을 기분 좋게 자극했다. 바람은 여전히 쌀쌀했지만 햇살은 따사로웠다. 나는 논둑에 가만히 드러눕고 싶었다. 하지만 귀농학교에서 나온 늙은 학생들이 비닐하우스를 들락날락하며 일을 하고 있어서 눕기가 민망했다. 나는 강둑을 따라 석장승 앞까지 느릿하게 걸었다. 석장승에서 실상사로 들어가는 길을 따라 아무 생각 없이 터벅터벅 걸음을 옮겼다. 아까 약수암으로 올라갈까 논둑길로 갈까 망설이던 갈림길에 도착한 뒤에 쓰디쓰게 웃었다. 다시 처음으로 돌아온 것이었다. 이번에는 망설이지 않고 논둑길로 나섰다. 실상사에서 제법 멀어지자 논둑에 누웠다. 하늘을 바라보며 온몸의 힘을 빼고, 아무 생각도 없이 편안하고 평화롭게 쉬고 싶었다. 눈을 감았다. 이대로 한숨 푹 자고 일어나면 좋겠다고 생각하는 순간, 저 밑에서 무언가가 슬금슬금 떠오르기 시작했다.

그제 오후, 나는 자신의 무능력을 뼈저리게 느껴야만 했었다. 평화통일운동협의회 사무처장이라는 직책을 갖고 있던 나는, 교통비에 불과한 간사 세 명의 활동비를 더이상 지급할 능력이 없다는 현실 앞에서 한없이 절망했다. 더구나 대외협력부장인 재현이는 첫아기의 출산까지 앞두고 있었다. 여기저기 전화를 했지만 끝내 돈 얘기는 한마디도 못 했다. 마지막으로 아내한테 전화를 걸어 사정을 설명했다.

"나도 지쳤어. 집에서 쉬고 싶어. 애들 숙제도 봐주면서 보통의 주부처럼 살고 싶다고!"

수화기를 타고 흐르는 아내의 절규 앞에서 나는 입을 꾹 다물었다. 그저 수화기만 오른손에서 왼손으로 옮겼을 뿐이었다. 아내는 학원에서 언어영역을 가르치는 강사였다. 결혼하자마자 시작한 학원 강사 일을 지금까지 줄기차게 해오고 있었다. 통일운동을 한답시고 생활비를 거의 한푼도 내놓지 못하는 남편을 만나 고생만 직사하게 하고 있는 아내한테 염치없게도 나는 또 손을 벌려야만 했었다. 재현이는 외교학과 출신인데다 동시통역 능력까지 갖추고 있었다. 대기업에 취직할 충분한 능력이 있는데도 통일운동을 끝내 포기하지 않고 있는 성실한 후배였다. 재현의 아내도 통일운동을 하다가 결혼한 뒤에는 학습지 선생으로 생활을 꾸리고 있었다. 재현은 출산을 앞두고 있으면서 궁핍한 생활에 대해 내게 입도 벙긋하지 않았지만, 나는 충분히 짐작하고 있었다. 성실하게 운동을 하면 할수록 생활은 곤궁해지는 것을……

"그럼 어떡하냐? 병원 갈 돈도 없다는데?"

아내한테 애원했다. 내가 붙잡고 하소연할 수 있는 사람은 이 세상에 아내가 유일했다. 아내가 내 말을 들어주지 않으면 재현은 빈손으로 아기의 탄생을 보고 있을 수밖에 없었다. 재현이나 그의 아내나 둘 다 냉골방의 짚더미 위에서 아이를 낳을지언정 친정이나 본가에 손을 벌릴 위인들이 아니었다. 그들을 견디게 하는 것은 자존심이었다. 하지만 자존심보다 현실은 더욱더 냉혹 했다. 협의회의 상임의장들도 간사들의 활동비를 마련해주질 못 해서 늘 미안하다고 했지만 책임은 지지 않았다. 결국엔 상임의 장들보다 더 수입이 없고 가난한 내가 책임을 질 수밖에 없는 노 릇이었다. 내가 넉넉하기만 하다면 문제일 것도 없었지만 나 역 시도 늘 주머니가 비어 있는 상태였다.

"그럼 어떡해? 애는 낳아야지. 좀 봐주라 응?!"

유년시절 가난했던 아내는 다른 사람의 아픔에 쉽게 고개를 못 돌리는 체질이었다. 나는 그 부분을 물고 늘어졌다.

"아우, 못 살아. 불러!"

아내가 버럭 소리를 지르며 포기를 선언했다. 나는 통장의 계 좌번호를 더듬더듬 불렀다. 아내는 카드 세 개의 현금서비스를 모두 받아 내게 송금했다. 은행의 현금입출금기에서 그 돈을 찾 는데 머리 꼭대기에서 열이 끓어오르기 시작했다. 그 돈을 찾아 재현의 활동비라며 사무차장한테 넘겨주고 사무실에서 나왔다. 어디로 갈까? 아내의 부탁대로라면 집으로 돌아가 아이들의 숙 제를 봐줘야 했지만, 화가 나서 도무지 견딜 수가 없었다. 부글부 글 끓는 속을 어쩌지 못하고 네 거리 갈림길에서 멍하니 서 있었 다. 바로 앞에는 지하철역이 있었다. 지하철을 타고 집으로 가면 되는데 선뜻 내려가질 못하고 밀려오고 밀려가는 사람들과 자동차들을 망연하게 바라보았다. 그때, 주머니 속에서 휴대폰이 울렸다. 전화를 받으니, 연체대금을 갚으라는 카드사의 독촉이었다. 작년 추석에 간사들의 떡값 마련을 하느라 현금서비스를 받고 그것도 모자라 카드깡까지 했는데 그 대금을 아직도 못 갚고 있다. 국회의원인 상임대표는 돌김 한 세트를 선물이랍시고 보내왔다. 김을 받은 간사들의 실망은 이만저만이 아니어서 그대로 있을 수가 없어 생활정보지를 뒤져 종로5가에서 테헤란로까지 가서 카드깡을 받았다.

후우— 길게 한숨을 내쉬며 휴대폰을 주머니에 넣는데 또 울렸다. 받지 않고 그냥 주머니에 넣었다. 주머니 속에서 휴대폰은 마냥 울렸다. 그러다 제풀에 지쳐 그치는가 싶더니 또 울렸다. 그러기를 다섯 번이나 반복했다. 잠시 후에는 '딩동' 하며 메시지가 도착했다는 신호가 신경을 긁었다. 신경이 바짝바짝 곤두섰다. 휴대폰을 진동으로 바꾸고 주머니에 넣었다. 넣자마자 주머니 속에서 휴대폰이 부르르 떨었다. 참을 수가 없어진 나는 휴대폰을 아스팔트 위에다 내팽개쳐버렸다. 휴대폰은 박살이 났고 나는 미련 없이 돌아섰다. 그러곤 고속버스를 타고 실상사로 내려왔다. 실상사에 와도 뾰족한 수가 생기는 것은 아니었지만 다만 세상을 벗어나 혼자 있고 싶었다. 내가 실상사에서 홀로 고독을 즐길 때 아내는 일상의 쳇바퀴 속에서 벗어나지도 못하고 학원에서는 학생들과 집에서는 아이들과 씨름하고 있을 터였다. 아내한테 몹시 미안했다.

"이랴, 이랴! 워— 워—! 어허, 어디로 가?!"

호된 고함소리에 몸을 일으켰다. 몸을 반쯤 세우고 고개를 돌려보니 산에서 조금 떨어진 논에서 소를 이용해 쟁기질을 하고 있는 농부가 보였다. 천천히 걸어 그쪽으로 갔다. 참새 한 마리가 포르르 날아 숲으로 갔다. 나는 논둑에 쪼그리고 앉아 농부와 소를 구경했다. 흔하디흔한 경운기를 두고 소를 이용해 쟁기질을 하는 모습이 새삼스레 신기했다. 어린 시절에 너무나 많이 봐 아주 익숙한 풍경인데도 아주 낯설게 느껴졌다. 가만히 보니 쟁기를 끄는 소가 제대로 말을 듣지 않고 옆으로 새려고만 들었다. 쟁기질을 하다가도 문득 멈추고 한참 딴 짓을 해댔다. 화가 난 농부가 회초리로 등짝을 후려쳐야 앞으로 나갔다. 한 이랑을 파고 논둑 가까이 도착하면 소는 쟁기질할 방향으로 가지 않고 논둑에 있는 쑥에만 관심을 보였다. 그렇다고 쑥을 많이 먹는 것도 아니었다. 그저 엉뚱한 곳으로만 내뺐다. 소의 생김을 보니 아직 황소처럼 여물지를 못했다. 엉덩이에 '초보운전'이라고 명패를 붙여야 어울릴 것 같았다. 농부는 고삐를 놓고 담배를 꺼내 물었다. 그 틈에 소는 논둑으로 달려가 쑥을 뜯었다. 농부는 담배 연기를 뿜어내며 그저 허허 웃고 말았다. 나도 웃었다.

"너도 참 징허다. 으찌 그리 뺑돌뺑돌 말을 안 들어? 지발 부탁잉게 요참엔 끝을 보자잉. 요거 한 뺌이 가는 거시 고로콤 실흐냐?"

얼굴 전체에 구릿빛 대지의 그늘이 촘촘하게 새겨진 농부가 소를 향해 조곤조곤 타일렀다. 소는 농부의 말이 듣기 싫은지 다른 논둑으로 가버렸다. 농부의 너털웃음이 담배 연기에 실려 허공으로 사라졌다.

"일허기가 징글징글헌갑시. 나도 그타 이놈아— 사는 게…… 사는 거시제."

농부의 푸념이 가시가 되어 내 가슴을 찔렀다. 얼굴이 화끈 달아오른 나는 슬그머니 몸을 일으켰다. 어디로 가나? 실상사로 돌아가 보광전에 앉아 있을까 하다가 논둑 옆의 도랑을 건너 산으로 올라가기로 했다. 겨울의 끝물에 담긴 산에는 소나무, 상수리나무, 밤나무, 나도밤나무가 서로 어우러져 숲을 이루고 있었다.

낮은 곳에 있는 진달래는 아직 꽃이 피지 않았다. 산에는 빈 벌통들이 여기저기 버려져 있었다. 몇 걸음 더 나가니 칡넝쿨이 나도밤나무를 칭칭 감고 휘돌아올라가고 있었다. 칡넝쿨에 온몸을 감긴 나도밤나무는 바삭하게 메말라 곧 죽을 것처럼 보였다. 칡넝쿨을 잘라줄까 하다가 '내가 무슨 자격으로'라는 생각이 들어 그만 돌아섰다. 몇 걸음 옮기지 않아 다시 고개를 돌려 칡넝쿨에 휘감긴 나도밤나무를 물끄러미 바라보았다. 가슴 깊은 곳에 서늘한 기운이 뭉클 돌았다. '사는 게…… 사는 거시제'라는 농부의 말이 '사(生)는 것이 사(死)는 것이제'*로 바뀌어 명치끝을 아프게 찔렀다. 나도밤나무의 메마른 가지를 바람이 살짝 건드리고

---

* 허허당 스님의 『무심無心』 중에서.

18

지나갔다. '나도밤나무라, 나도밤나무……라'라고 중얼거리며 산에서 도랑으로 내려왔다. 가재라도 있을까 싶어 유심히 물 속을 들여다보다가 화들짝 놀랐다. 도랑의 물 표면에는 칡넝쿨에 칭칭 감긴 나도밤나무가 또렷하게 반사되고 있었다. 그때 산에서 참개구리 한 마리가 도랑 속으로 뛰어들었다. 물결이 일고, 나도밤나무의 형상이 가뭇없이 흔들렸다.

생태뒷간을 막 지나가는데 도법(道法) 스님이 손수레에 썩은 나무를 싣고 약사전 쪽에서 내려왔다. 하는 일도 없이 밥이나 축내고 있다는 생각이 들어 얼른 손수레를 밀었다. 도법 스님은 손수레를 화엄학림 앞의 작은 텃밭으로 끌었다.

"여기가 내 놀이터야."

도법 스님은 텃밭에다 썩은 나무를 내려놓았다. 텃밭에는 썩은 나무가 여기저기 쌓여 있었다. 도법 스님과 나는 손수레에서 내린 썩은 나무를 텃밭에다 골고루 나누어 펼쳐놓았다.

"나무가 죽으면 썩고, 썩은 나무가 거름이 되고 땅을 살찌우고, 땅은 새싹을 키워. 그게 법이야, 그게."

목에 건 수건의 끝자락으로 얼굴에 묻은 땀방울을 닦아내면서 도법 스님이 말했다. 도법 스님의 말은 사실 새로운 것은 없었다. 하지만 묘한 울림이 그 속에 담겨 있었다. 스스로 몸을 던져 실천하는 사람만이 가질 수 있는 힘이었고 울림이었다. 얼마 전, 해인사의 거대한 불사(佛事)에 대해 실상사의 수경 스님이 비판의 말을 한 적이 있었다. 그러자 해인사에서 스님들이 몰려와 실상사를 폭력으로 제압하려 들었다. 여기에 대해 실상사의 도법, 수경, 연관 스님을 비롯한 스님들은 조계종단에 만연한 폭력을 참회하는 뜻으로 단식에 들어갔었다. 해인사 일부 스님들의 폭력에 대해 폭력으로 맞서는 것이 아니라 비폭력 무저항의 단식으로 스스로를 참회하는 단식기도를 선택했던 것이다. 도법 스님의 울림은 바로 그런 비폭력 무저항을 실천하는 단식기도에서 도무지 거역할 수 없는 힘으로 울려나오고 있었다. 그 울림 앞에 나는 한없이 초라해지는 자신을 느꼈다. 도법 스님 앞에 서 있기조차 부끄러워진 나는 빈 손수레를 끌고 밭에서 나와 약사전 쪽으로 방향을 틀었다.

"다 했어. 거기 둬. 차나 한잔 하지."

도법 스님이 장갑을 벗어 몸에 붙은 먼지를 툭툭 털어내며 말했다. 이제 겨우 일을 거들까 했던 나는 그만 민망해지고 말았다. 내가 슬그머니 손수레에서 손을 떼자 도법 스님이 손수레를 잡았다. 화들짝 놀라 얼른 손수레를 빼앗았다.

"다 했다니까."

도법 스님이 손수레를 놓지 않고 말했다.

"그런데요?"

"갖다두려고."

"제가 갖다둘게요."

나는 막무가내로 손수레를 빼앗았다.

"그래 그럼. 조오기 뒷간 뒤에 창고 있지? 거기야."

"예."

"두고 방으로 와."

"예."

나는 손수레를 끌고 생태뒷간 뒤에 있는 창고로 향했다. 재활용품 분리수거장 옆의 창고에 손수레를 밀어넣고 돌아서는데, 아까 하얀 옷을 입은 여자가 타고 온 자전거가 보였다. 윤이 반짝반짝 흐르는 새 자전거였다. 나는 손으로 페달을 돌려봤다. 멈춰 있던 바퀴가 돌기 시작했다. 나는 페달을 힘차게 돌리고 손을 놓았다. 허공에 걸린 바퀴가 쌩쌩 돌았다. 투명한 동그라미를 그리며 돌아가는 자전거 바퀴를 보며 담배를 피워물었다. 담배를 반쯤 피우자 자전거 바퀴의 속도가 현저하게 떨어졌다. 담배를 깊게 한 모금 빨아들인 뒤에 길게 내뿜고 자전거 페달을 다시 돌렸다. 속도가 올라가자 자전거 바퀴는 또다시 투명한 동그라미가 되었고, 투명한 동그라미 속에 일순간 세상이 갇혔다.

페달을 놓고 돌아서서 요사채로 들어가는데 문득 담장 옆에 핀 하얀 매화가 눈에 띄었다. 왜 아까는 못 보았을까? 꽃송이가 활짝 열린 것을 보니 어제쯤 피었을 것 같은데…… 매화나무 가지를 유심히 살폈다. 잎보다 먼저 꽃을 피우는 봄의 나무들, 아직 열리지 못한 봉오리들이 둥근 콩알처럼 수두룩하게 달려 있었다. 내일쯤이면 화개(花開)하겠지. 손을 뻗어 꽃봉오리를 매만지려다 도로 거뒀다. 나의 더러운 손때가 오히려 매화에겐 화가 될지도 모르는 일이었다. 하얀 매화를 보니 마음이 더더욱 스산해지려고 꿈틀거렸다. 매화에서 눈을 떼고 연못가의 산수유나무로 고개를 돌렸다. 산수유나무에도 노란 꽃들이 한창이었다. 나도 모르게 산수유나무를 향해 한 걸음 내딛는데 노란 산수유꽃 틈으로 하얀 옷을 입은 여자가 지나갔다. 덜커덩, 가슴이 내려앉았다. 이번에는 망설이지 않고 서둘러 산수유나무로 갔다. 정말 운서일지도 모른다는 생각에 산수유 가지를 벌려 그 여자를 살폈다. 여자는 뒷짐을 지고 종루 속을 들여다보고 있었다. 얼굴을 정면에서 봤으면 좋으련만, 도법 스님이 기다리고 있어서 나도 모르게 화엄학림으로 고개를 돌렸다. 도법 스님한테는 미안하고 죄송스러웠지만 일단 여자의 얼굴을 확인하겠다고 마음을 굳혔다.

다시 여자를 향해 고개를 돌렸다. 아니……? 나는 눈을 의심했다. 찰나의 순간에 여자는 종루 앞에서 사라지고 없었다. 연못가로 뛰어나가 두리번거렸지만 여자는 보이지 않았다. 혹시나 싶어 재활용품 분리수거장으로 뛰어갔지만 그곳에도 여자는 없었다. 자전거도 없어졌나 싶어 봤지만 바퀴만 저 홀로 돌아가고 있었다. 손잡이 브레이크를 잡았다. 끼이익, 소리를 내며 바퀴가 돌기를 멈추었다. 등에서 식은땀이 흘렀다.

"왜 이렇게 늦었어?"

도법 스님이 찻잔에다 더운 물을 채우면서 물었다.

"매화랑 산수유가 예뻐서요."

내가 생각하기에도 대답이 궁색했다. 도법 스님이 찻잔과 수반을 내밀었다. 수반에는 매화가 담겨 있었다. 나는 하얀 매화를 보면서도 그 여자와 운서에 대해 골똘히 생각했다. 숨바꼭질을 하는 것도 아닌데, 항상 찰나의 순간에 사라져버리는 그 여자가 마치 나를 비웃기라도 하는 것 같았다. 나는 이마에 밴 땀을 손바닥으로 닦았다. 수반에 담긴 매화는 만개한 꽃이 아니라 봉오리였다.

"매화차야. 세 송이쯤 넣으면 딱 좋아."

도법 스님이 먼저 매화를 찻잔에 띄웠다. 나도 매화를 집어 찻잔에다 톡 하고 떨어뜨렸다. 더운물 속에 들어간 꽃봉오리가 화들짝 놀랐다는 듯 활짝 열렸다. 그것이 너무 신기해서 다시 하나를 더 넣었다. 더운물 속에서 화개하는 매화를 보고 있자니 서울을 떠나 실상사로 오기를 참 잘했다는 생각이 들었다. 다시 한 송이를 넣으니 매화 세 송이가 알맞게 어울려 찻잔 속에 담겼다.

"곧장 마셔. 오래 두면 매화가 시들어."

도법 스님이 먼저 찻잔을 들고 한 모금 머금었다. 스님처럼 나도 매화차를 한 모금 마시곤 혀끝으로 굴렸다. 매화 향기가 은은하게 입 안에 퍼졌다. 첫맛은 달콤했고 뒷맛은 쌉쌀했다.

"정말 좋은데요?"

매화차를 마시는 행운에 감사하며 고맙다는 인사를 도법 스님에게 전했다.

"요샌 어때?"

찻잔에 다시 더운 물을 채우며 도법 스님이 물었다.

"그냥저냥요."

나는 진심을 다해 대답했다. 정말이지 그냥저냥 그럭저럭 살고 있었다.

"많이 지쳐 보이는데?"

도법 스님이 나를 슬쩍 보면서 말했다.

"많이는 아니구요, 조금요."

가시방석에 앉은 느낌이었다. 속내를 알았는지 도법 스님은 더 묻지 않고 내 앞의 찻잔에 더운물을 더 채워주었다. 나는 찻잔 속에 담긴 매화를 물끄러미 들여다봤다. 그 여자가, 자전거를 타고 온 여자 얼굴이 매화 속에서 떠올랐다. 눈을 질끈 감았다. 마음이 자꾸만 뜨거워지고 있었다. 매화차가 아니라 오랜 풀무질 끝에 벌겋게 달군 쇳물을 들이켠 것만 같았다. 나는 매화차를 후루룩 마신 뒤 그만 일어나보겠다고 인사했다. 도법 스님은 간다는 사람을 잡는 법이 없었다. 그게 편했다. 스님 앞에서라면 언제든지 떠날 수 있었으니까. 얼른 방으로 돌아가 반야심경을 필사하면서 자꾸만 뜨거워지는 마음을 식히고 싶었다.

도법 스님의 방에서 나오니 화엄학당 앞에 피어 있는 매화가 내 눈길을 잡아끌었다. 방으로 가야 하는데, 하면서 그 여자 생각을 하며 나도 모르게 매화나무로 갔다. 잎이 돋기도 전에 꽃을 먼저 피워올린 매화는 쌀쌀한 바람 속에서도 자태를 잃지 않고 고고했다. 매화를 바라보며 운서를 생각하고 있는데, 아련하게 '지심귀명례(至心歸命禮)……'가 들렸다. 고개를 돌려 뒤를 보니 아무도 없었다.

지심귀명례…… 이 목숨 바쳐 귀의하며 예배드리옵니다.

환청인가? 그렇지만 무엇에 귀의하고, 누구에게 예배를 드린단 말인가? 실상사에 와 있지만 아직까지 부처님께 칠정례는커녕 오체투지 삼배도 올리지 않았다. 나는 그 어떤 것도, 심지어는 나 자신까지도 믿지 않았다. 화가 난 사람처럼 거칠게 매화를 따서 입 안에 쑤셔넣었다. 운서의 얼굴이 구겨져 사라졌다. 나는 매화를 꾹꾹 씹었다.

함박눈이 펄펄 날리고 있었다.

스물일곱 살 겨울, 12월 24일 오후에 나는 독방에 갇혀 얼어붙은 창살을 잡고 눈 내리는 풍경을 보고 있었다. 미루나무 마른 가지에 속절없이 쌓이고 있는 함박눈을 바라보며 오래오래 운서를 생각했다. 회오리바람 한줄기가 드높은 담장을 따라 불어오고 있었다. 장엄하게 내리던 함박눈이 느닷없는 회오리바람에 휘말려 미친 듯이 눈기둥을 만들며 미결사동 운동장을 휩쓸며 지나가고 있었다. 창살 틈으로 날마다 보던 모악산도 그날은 보이지 않았다.

"있잖아……"

일 주일 전, 면회실 유리창의 저편에서 운서가 어두운 얼굴로 서서 간신히 입을 열었다가 닫았다. 벌써 세번째의 '있잖아'였다.

"무슨 일 있어?"

답답함을 참지 못하고 유리창의 구멍에다 입을 대고 내가 말했다.

"있잖아……"

운서의 눈에서 눈물이 주르르 흘러내렸다. 깜짝 놀랐다. 도대체 무슨 일이 있길래? 혹시 오빠가 다리를 분질러버린다고 난리를 피운 것은 아닐까? 지난번처럼 머리를 죄다 깎아버린 것은 아닐까? 모자를 벗어보라고 말하려다가 꾹 눌러 참았다. 밤송이처럼 삐죽삐죽한 애인의 머리를 본다는 것은 상처에 굵은 소금을 뿌리는 것과 같았다.

"괜찮아, 말해."

운서의 눈물을 닦아주고 싶었지만 창살과 유리창이 가로막고 있었다. 감옥에 갇힌 것은 하나도 힘들지 않았지만 운서가 힘들어할 때 바로 곁에 있어줄 수 없다는 것은 정말이지 지옥이었다. 운서를 만난 이후로 나는 한 번도 운서를 지켜주질 못했다. 그것이 참을 수 없을 정도로 아팠다. 사랑하는 사람 하나 지켜주지 못하면서 무엇을 할 수 있단 말인가……

"병원에 다녀왔는데, 삼 개월이래."

"……"

야전침대 각목이 내 뒤통수를 사정없이 후려치는 느낌이었다. 눈에서 불이 번쩍 튀었고, 세상이 일순간 어두워졌다. 갑자기 머릿속이 하얗게 텅 비어갔다. 다리도 후들거렸다. 일 년이 넘는 긴 수배기간 동안 내가 운서를 만난 것은 딱 세 번이었다. 형사들은 언제나 운서의 뒤를 미행했고, 심지어는 운서의 어머니도 감시했다. 마지막으로 만난 것은 운서가 요행히도 형사들을 따돌리고 공단 근처의 내 자취방으로 왔을 때였다. 나는 다른 사람의 주민

등록증을 위조해 위장취업을 하고 있었다.

"낳자."

내가 할 수 있는 말은 이것이 전부였다.

"나, 스물한 살이고, 삼학년이야. 알지?"

운서의 목소리가 왠지 단호하게 느껴졌다.

"응."

"낳을 수 없어."

이게 무슨 소리인가? 아직도 밖에는 바람이 불고 있을까? 12월의 바람에 드높은 담장 밖에 높이 서 있던 미루나무의 마른 가지가 마구 흔들리던 풍경이 뇌리 저편에서 떠올랐다.

"그럼?"

내가 물었다. 12월의 바람은 거칠고 사나웠고 살이 에이도록 차가웠다. 운서는 고개를 푹 숙이고 생각에 잠겨 있었다. 열아홉의 어린 나이에 나를 만나 사랑의 달콤함보다 쓸쓸함을 먼저 알아버린 운서를 위해 지금 내가 할 수 있는 일은 무엇일까? 바람에 흔들리던 미루나무와 흰 담장과 12월의 하늘을 날던 까치의 풍경을 편지에 쓰는 일 외에 무엇이 있을까? 나는 심한 무기력증을 느끼며 초조하게 운서의 대답을 기다렸다. 운서와 나 사이에 놓여있는 유리벽만큼 완고한 침묵이 접견실을 가득 채웠다.

"……수술할 거야."

한참의 시간이 흐른 후, 아주 힘겹게 운서가 입을 열었다. 가슴이 서늘해졌다. 아무 말도 할 수 없었다. 고개를 들어 하늘을 쳐다보았다. 회색의 단조로운 시멘트 천장에 파리 한 마리가 날아다니고 있었다. 무슨 말이든 해야만 한다는 강박관념에 사로잡힌 나는 오래도록 알맞은 말을 찾아 파리의 뒤를 좇아다녔다. 다시 운서를 바라보았다. 나는 침으로 입술을 살짝 적셨다. 중요한 것은 순정을 전달하는 일이었다. 순정이 아닌 다른 마음과 말들은 모조리 거짓이었다. 지금 이 순간, 반드시 필요한 것은 위로가 아니라 순정이었다.

"우리한테 온 생명이야, 낳아야 해."

순정을 다해 말했다. 운서가 눈을 감았다. 운서는 오래 전부터 그 문제에 대한 내 순정을 알고 있었다. 나는 낙태를 죄악으로 여기고 있었다. 연애를 하면서 피임에 신경을 썼지만, 만일 아이를 가지게 되면 언제든지 낳겠다고 말을 해두었다. 그러나 그때는 내가 운서 곁에 있을 때였다. 지금은 판결이 나와봐야 알겠지만 적어도 일 년 육 개월이란 세월이 독방에 차곡차곡 쌓여야만 했다. 그 세월을 줄일 수 있는 것은 오직 반성문뿐이었다.

"형은 무책임해. 교도소에 갇혀 있으면서 날더러 낳으라고? 낳으면 어쩔 건데? 내가 학교 그만두면, 형은 운동을 그만둘 거야?"

운서가 눈물을 흘리면서 따지고 들었다. 한 번도 운동을 그만두라는 말을 해본 적이 없는 운서였다. 그만큼 홀로 견디는 게 고통스러울 터였다. 운서의 고통을 알면서도 나는 속수무책이었다.

"……"

운동을 그만둔다는 건 생각해본 적이 없었다. 무어라 할말이 없어서 나는 입을 다물었다. 어쩌면 약간의 충격을 받았는지도 몰랐다. 속으로 연애를 하지 말았어야 한다는 생각이 들었다. 이런 나쁜, 나는 얼른 고개를 흔들어 그 생각을 떨쳤다.

"자, 이제 정리합시다."

교도관이 모자를 쓰며 일어섰다. 교도관을 흘긋 본 뒤에 다시 운서를 쳐다보았다. 운서의 표정은 석고 비너스처럼 창백하고 차가웠다.

"책하고 영치금 넣었어, 갈게."

교도관이 내 팔을 잡아끌자 운서가 서둘러 말했다. 교도관한테 끌려 면회실에서 나오면서 나는 창살 앞에서 울고 있는 운서를 되돌아보지 않았다. 미결사동의 독방으로 돌아오는 길에서 나는 자꾸만 발을 헛디뎠다. 독방으로 돌아온 나는 교도소에 갇혀 있는 자신이 한없이 초라하게 느껴져서 시퍼런 법무부 이불을 뒤집어썼다. 밥도 먹지 않고 통방(通房)도 하지 않자 다른 방에 있는 동료들이 무슨 일이 있냐며 자꾸 물었다. 다만 혼자 있고 싶을 뿐이라며 방해하지 말라고 부탁했다.

운서는 그러고 나서 일 주일 내내 면회를 오지 않았다. 폐방(閉房)을 할 때까지 운서를 기다리느라 내 마음은 지옥이었다. 교도관이 기다란 열쇠를 가져와 방마다 철문을 잠그고 나서야 그날 하루의 긴긴 기다림을 마칠 수 있었다. 일본어와 영어 공부도 작파했고, 도무지 손에서 놓을 수 없었던 『태백산맥』도 덮었고, 날마다 부치던 편지도 중단했다. 하루 종일 철문의 작은 철창 앞에서 서성거렸다. 날마다 오던 운서의 편지도 끊기자 불안은 극도로 커져만 갔다. 세면장에서 사소한 일로 조직폭력배들과 싸우다 턱을 맞는 바람에 이가 흔들리기도 했다. 그러다 일 주일이 칠십 년 아니 칠백 년의 세월처럼 느리고 길게 느껴질 무렵, 크리스마스 바로 전날이 되었다. 아침에 눈을 뜨자마자 눈꽃이 하얗게 피어 있는 미루나무 꼭대기 위에서 까치가 우는 소리를 들었다. 나는 뻥끼통 창살에 붙어서 쏟아지는 눈을 보며 운서를 기다렸다. 점심시간이 되었고 나는 식사를 거절했다. 사동 담당 교도관이 어찌하여 사흘째 굶느냐고 꼬치꼬치 캐물었다. 나는 오히려 담배나 한 개비 달라고 말했다. 특별한 정치적 이유가 없었기 때문에 보안과장이 와서 슬쩍 쳐다보는 것으로 점심시간은 지나갔다. 초조하게 기다리고 있는 게 싫어 덮었던 『태백산맥』을 막 펼쳤을 때, 마침내 접견 담당 교도관이 와서 철문을 열었다. 하루 종일 기다린 보람이 있었다. 면회실에 들어서니 창살 저편에 운서가 서 있었다.

"일찍 좀 오지, 하루 종일 기다렸잖아?"

나는 투정부터 부렸다.

"……"

운서는 내게서 고개를 돌렸다.

"왜에?"

나는 운서의 눈치를 살폈다.

"……병원에 갔다 오느라 늦었어."

30

운서가 내 눈길을 피하며 말했다.

"병원에 왜?"

불안이 현실로 바뀌고 있는 것을 느꼈다.

"수술했어."

그 말을 듣는 눈앞이 뿌옇게 흐려졌다. 먹구름이 몰려와 나를 휘감았다. 호흡이 점점 가빠왔다. 나는 유리창에다 머리를 쿵쿵 박았다. 깜짝 놀란 교도관이 얼른 내 몸을 뒤에서 껴안았다. 나는 거칠게 교도관을 뿌리쳤다.

"그러지 마. 이미 늦었고, 나 많이 아파. 쉬고 싶어."

면회 시간이 아직 많이 남았는데도 운서가 돌아섰다.

"운서야, 운서야!"

소리쳐 불렀지만 운서는 그대로 면회실에서 나가버렸다. 독방으로 돌아온 나는 시멘트벽에다 머리를 쿵쿵 박으며 절규했고 울었고 스스로를 저주했다. 반성문이라도 쓰고 당장 나가고 싶었다. 처음으로 운동을 한다는 사실에 대해 후회했다. 운서 혼자 산부인과 병원에서 수술받는 장면을 떠올리며 가슴을 쥐어뜯었다. 이토록 큰 죄를 어찌할 거나? 나는 법무부 이불 속에서 병든 짐승처럼 꺼이꺼이 울었다. 그렇게 이틀을 지내자 사동 담당 교도관의 보고에 보안과 사무실로 불려갔다. 보안과장은 커피 한 잔과 담배 한 개비를 내밀었다. 나는 고개를 저었다. 다만 변호사를 불러주든가 아니면 검사를 만나게 해달라고 요청했다.

새해가 밝았고 운서가 면회를 왔을 때 반성문을 쓰겠다고 말했다. 운서의 눈이 동그랗게 커졌다. 운서는 고개를 옆으로 돌리고 잠시 생각에 잠겼다. 나는 어서 빨리 감옥에서 나가 운서와 함께 이 겨울을 보내야 한다는 생각에만 빠져 있었다. 내일이면 토플 책의 여백에 쓰고 있는 반성문이 완성될 터였다. 그것을 미농지에 옮겨 쓰고 검찰에 제출하면 석방될 수 있다는 희망에 부풀어 있었다.

"나 때문이라면 쓰지 마. 형이 선택한 일이니까, 형은 잘 견디겠지만 아마도…… 내가 견뎌내지 못할 거야. 나를 나쁜 년으로 만들지 마."

저녁 예불을 알리는 종소리가 은은하게 퍼졌다. 나를 나쁜 년으로 만들지 마, 나를 나쁜 년으로, 나를…… 운서의 그 말이 종소리에 담겨 나를 괴롭혔다. '아니다. 종소리는 종소리일 뿐이다.' 이렇게 몇 번이나 스스로에게 다짐을 해서야 간신히 종소리를 종소리로 들을 수 있었다. 종소리의 여운이 길게 퍼지고 있을 때 예불에 참석할 것인지 아니면 방에 엎드려 반야심경을 필사할 것인지에 대해 고민했다. 나는 또다시 갈림길에 선 것이었다. 사부대중이 모두 참석하는 예불은 아무래도 부담스러워 반야심경에 몰두하기로 했다. 이번에는 선택하는 시간이 짧아 좋았다. '관자재보살 행심반야바라밀다시 조견오온개공 도일체고액'을 꾹꾹 눌러쓰고 뜻을 새겼다. '……일체의 괴로움을 건넜다.'

그런데 혹시 그 여자도 예불에 참석하지 않을까? 지금 법당에 가지 않는다면 그 여자를 확인할 수 없을 것이라는 생각에 애초의 선택이 마구 흔들렸다. '아니야, 반야심경을 필사하자'라고 결심하고 책에 눈길을 던졌다. 하지만 반야심경은 반야심경인데 반야심경은 흔적도 없이 사라져 눈에 보이질 않았다. 글자를 그대로 베껴 쓰는 것은 가능했지만 무슨 글자인지 뜻은 무언지 전혀 새길 수가 없었다. 반야심경의 글자 속에서 여자가 생글생글 웃으며 실상사 여기저기에서 불쑥 나타났다가 사라지기를 반복했다. 가슴이 답답해지더니 숨통이 콱 막혔다. 공책과 만년필과 반야심경을 덮어버리고 서둘러 양말을 신었다.

나는 여자가 여전히 실상사에 있는지 확인하러 서둘러 재활용품 분리수거장으로 달려갔다. 자전거가 보이자 후우, 숨통이 트였다. 여자가 아직 실상사를 떠나지 않았다는 것을 두 눈으로 확인하자 한결 마음이 편안해졌다. 산수유나무를 지나 경내로 들어서니 화엄학림에서 나온 스님들이 중묵 스님의 방 앞을 지나 보광전으로 걸어가고 있었다. 나도 슬금슬금 몰려오고 있는 땅거미를 밟고 발길을 보광전으로 돌렸다. 보광전 앞의 삼층석탑에 다가갈 즈음, 칠성각에서 절을 하고 있는 여자가 눈에 띄었다. 좁은 칠성각 안에서 여자는 하염없이 절을 되풀이했다. 오체를 던져 몸을 최대한 낮추고 다시 손바닥을 뒤집어 경배하는 자세를 아주 천천히 되풀이하는 여자를 나는 석탑 뒤에 숨어서 정신없이 바라보았다. 아직까지 한 번도 여자의 얼굴을 정면에서 확인한 적이 없어서 더욱 궁금했다.

"여기서 뭐 해요?"

깜짝 놀라 돌아보니 중묵 스님이 합장을 했다.

"아, 예에. 그, 그냥요."

나는 말을 더듬고 말았다.

"저녁 공양은 하셨어요? 안 보이던데?"

"예, 했어요."

나도 모르게 거짓말이 튀어나왔다. 중묵 스님은 더이상 말을 하지 않고 곧장 보광전으로 들어갔다. 나는 중묵 스님이 보광전에 들어간 것을 확인하고 칠성각으로 고개를 돌렸다. 여자가 마루에서 몸을 세우고 있는 게 보였다. 나는 칠성각을 향해 조심스레 발걸음을 내디뎠다. 어느덧 가람은 어둠 속에 희끗희끗하게 파묻히고 있었다.

"지심귀명례ㅡ"

보광전에서 목탁 소리에 실린 스님들의 예불문이 흘러나왔다. 이제 여자는 보광전에서 흘러나온 목탁 소리와 예불문에 따라 절을 올리기 시작했다. 나는 기어이 여자의 얼굴을 확인하고 말겠다고 다짐했다. 만일 운서라면, 칠 년 만의 해후가 되는 셈이었다. 헤어지는 순간까지 치사하고 더러운 꼴만 보였다. 지난 칠 년 동안 나는 운서를 잊기 위해 몸부림쳤다.

"지심귀명례ㅡ 대지문수사리보살 대행보현보살 대비관세음보살⋯⋯"

일곱 번 중에서 다섯번째의 지심귀명례였다. 그랬다. 누군가를 사랑하면 목숨을 걸고 해야 하는 걸로 알고 살았다.

"여기서 죽어버릴 거야."

베란다로 뛰어나가며 나는 소리쳤다. 진정으로 십일층의 아파트에서 뛰어내리고 싶진 않았다. 그것은 일종의 협박이었다. 운서는 현관문을 열려다 말고 참혹한 표정으로 나를 쳐다보았다. 사랑은 끝났고 집착만 남았다. 나도 이 몸부림이 집착이라는 것을 충분히 알고 있었다. 운서 옆에는 커다란 여행용 가방이 놓여 있었다. '제발 나를 잡아줘!' 이런 심정으로 운서를 바라보았다.

"뛰어내리면 어쩔 건데? 끝까지 나를 나쁜 년으로 만들겠다고? 넌 정말 나쁜 놈이야. 내 앞에서 죽어서 어쩌겠다고? 평생 죄책감을 안고 살아가라고? 어쩌면 그렇게 끝까지 이기적일 수 있니? 나쁜 자식!"

"그래, 난 나쁜 놈이야."

나는 베란다에 발을 걸쳤다. 팔에다 힘을 주고 철봉을 하듯이 몸을 일으키면 추락할 터였다. 잠시 행동을 멈추고, 운서가 와서 잡아주기를 간절히 기다렸다. 현관문이 열리고 운서가 나가면 즉시 뛰어내리겠다고 다짐하고 다짐했다. 나는 죽고 싶지 않아 사시나무처럼 떨었다.

제발, 나를 잡아줘, 운서야.

간절한 기도가 통했는지 운서가 돌아와 내 팔을 잡아끌었다. 안심하고 돌아서는데 순간, 눈에서 불이 번쩍 튀었다. 운서의 손이 내 따귀를 연신 올려붙였다. 나는 운서한테 맞으며 소파에 앉았다. 운서가 나를 잡았다는 사실만이 중요했고, 행복했다.

"맘대로 해, 맘대로! 나쁜 자식아! 죽든지 살든지 맘대로 하라고!"

저주에 가까운 욕설을 퍼붓고 운서는 돌아섰다. 성큼성큼 걸어 나가 현관문을 열고 가방을 끌고 가버렸다. 현관문이 쾅하며 닫히자 관 뚜껑이 닫히는 느낌에 사로잡혔다. 그리고 정적이 이어졌다. 운서는 나를 남겨두고 가버린 것이었다. 채깍 채깍 채깍, 벽시계의 초침 소리가 천둥처럼 크게 들려왔다. 나는 소파에서 일어났다.

"사리자 색불이공 공불이색 색즉시공 공즉시색 수상행식 역부여시……"

보광전에서 반야심경이 흘러나온다. 칠성각 안의 여자도 '아제 아제 바라아제……'를 음송하며 반듯하게 서 있었다. 이제 곧 예불이 끝나면 여자도 칠성각에서 나올 터였다. 여자와 정면에서 부딪치지 않으려고 뒤로 조금 물러섰다. 서탑 근처로 물러섰을 때 보광전에서 스님들이 나오기 시작했다. 나는 탑신에 몸을 숨기고 여자가 나오기를 기다리며 칠성각을 살폈다. 여자가 촛불을 끄고 몸을 돌렸다.

"여기서 뭐 해요?"

또 중묵 스님이었다.

"아, 예."

나는 얼버무렸다.

"내 방으로 갑시다. 차나 한잔 하게."

중묵 스님의 말을 거절할 수가 없었다. 나는 칠성각을 보았다. 여자가 칠성각에서 나왔다. 어두워서 그런지 여자의 얼굴이 제대로 보이질 않았다. 답답했다. 여자는 칠성각 바로 옆의 문을 통해 요사채로 걸어갔다.

"뭐 볼일 있어요?"

중묵 스님이 또 물었다.

"됐습니다."

나는 돌아섰다. 당장 여자의 뒤를 따라가 얼굴을 확인하고픈 욕망을 누르며 중묵 스님의 뒤를 따랐다. 여자가 만일 실상사에서 묵는다면 기회는 또 있을 터였다. 게다가 여자가 만일 운서라면, 중묵 스님이 일러줄 것이라는 기대도 없지 않았다. 중묵 스님도 운서에 대해 잘 알고 있었다. 방으로 들어간 중묵 스님은 장삼을 벗고 간편한 복장으로 찻상 앞에 앉았다.

"커피?"

중묵 스님이 물었다. 나는 중묵 스님 방에 오면 언제나 커피를 찾았었다.

"우전 있으면, 그걸로 주세요."

"아니 웬일로 커피가 아니고 우전을?"

중묵 스님이 놀라는 표정을 지었다.

"그냥요. 갑자기 우전이 먹고 싶네요."

중묵 스님 방에서 나는 커피를 마셨고, 운서는 우전을 마셨다. 두 사람이 차를 달리 마신다며 중묵 스님은 툴툴거리곤 했었다. 오늘은 운서 생각을 하며 우전을 마시고 싶었다. 중묵 스님이 고개를 끄덕였다.

"마침 쌍계사에서 우전을 보내왔는데 햇차라 향이 좋아."

중묵 스님이 보온물통의 꼭지를 눌러 수반에다 더운물을 받았다. 나는 중묵 스님한테 큰 빚을 지고 있었다. 그 빚 때문에 중묵 스님 앞에 앉으면 늘 마음이 무거웠다. 시대의 아픔을 못 견뎌 그런 줄 알았지, 라며 가끔 중묵 스님이 농담을 던질 때마다 나는 쥐구멍이라도 찾아 들고 싶었다.

"평양에 다녀왔다며?"

지난 여름, 평양에 갔던 일을 중묵 스님이 뒤늦게 물었다.

"그저 그랬어요."

북의 민화협 관계자들이 정해준 일정대로 움직인 다음 호텔로 돌아오면 꼼짝없이 감옥살이를 했던 탓에 말 그대로 평양의 인상은 그저 그랬다. 하지만 대동강이나 보통강변의 풍경은 내 마음에 쏙 들었다. 대동강과 보통강 때문에라도 평양은 충분히 아름다운 도시였다. 함께 서울에서 간 사람들한테는 네모의 콘크리트 냄새가 풍겼지만 평양의 사람들한테는 둥근 대지의 풋풋한 냄새가 풍겼다.

"왜에?"

"진정성의 문제죠."

"진정성?"

"어쩌면 의심이죠. 진정으로 통일할 의사가 있는 건지에 대한 의심."

"자, 여기."

중묵 스님이 찻잔을 내민다. 차를 한 모금 머금었다. 낮에 마신 매화차보다 향이 연하고 부드러워 좋았다.

"정처사가 북에 대해 의심까지 다 하고? 많이 변했네."

중묵 스님과 나는 같은 대학 출신이었다. 철학과에 다니던 중묵 스님은 민중민주주의혁명론의 PD 계열이었고, 나는 민족해방 민중민주주의혁명론의 NL 계열이었다. 돌이켜보면 종파로 나뉘어 다투던 그 모든 순간들이 참으로 허망한데, 당시에는 죽기 살기로 서로를 미워하며 다투었다. 나는 괜히 말을 꺼냈다 싶은 생각이 들어 묵묵히 차만 들이켰다. 사실, 일제 치하에서부터 지금까지 독립운동이든 민주화운동이든 혁명운동이든 외부의 가혹한 탄압에 의해 무너진 조직은 그다지 많지 않았다. 민주화운동이나 통일운동의 경우만 해도 국가보안법에 의해 운동조직이 파괴되었다기보다는 오히려 내부의 종파투쟁과 사상투쟁에 의해 파괴된 경우가 훨씬 더 많았다.

운동은 결코 벼슬이나 훈장이 아니었다. 더구나 통일운동을 하는 것은 벼슬과는 아무런 상관이 없었다. 자칫 잘못하다간 손가락질당하기 십상이었다. 그런데도 운동판을 떠나지 않았던 것은,

그저 맨 뒤에서 변치 않고 따라가겠다는 자신과의 약속 때문이었다. 맨 앞에 서서 나가다가 변절하고 싶지는 않았다. 그저 너무 많이 뒤처지지 않고 오래 길을 가겠다는 나와의 약속은 그러나 평양에서부터 조금씩 균열을 일으키고 있었다.

백두산에서 가질 시 낭송을 앞두고 남쪽의 시인들이 가져온 시를 사전에 검열하겠다는 태도에 나는 은근히 질리고 있었다. 그런데다가 합의한 시 낭송마저도 일정을 핑계로 깨버릴 때에는 화가 머리 꼭대기까지 치솟았다. 적어도 서울보다는 아름다웠던 평양의 풍경 속에서 나는 흔들렸고, 많이 아팠다.

"이 나쁜 자식들아! 니들이 뭐야, 니들이 뭐야?!"

연회를 마치고 고려호텔로 돌아오는 버스 안에서 꾹꾹 눌러두었던 화가 폭발했다. 북 민화협 관계자들의 입장과 처지를 이해 못 하는 것은 아니었지만, 서울로 돌아가자마자 손목에 수갑을 차야 하는 사람들이 있을 게 분명한데 저들은 공동보도문 하나 제대로 합의해주지 않고 있었다. 물론 서울의 남쪽 당국자들도 작고 사소한 것에 신경을 곤두세우기는 마찬가지였다.

"정선생 다시는 평양에 오고 싶지 않아요?"

나를 담당하던 보위부 직원이 화를 버럭 냈다.

"안 와, 새끼들아! 통일운동 안 하면 될 거 아냐? 니들이 뭐야? 니들이 뭔데? 니들 교도소에서 썩어봤어? 좆도 아닌 것들이 주둥아리로만 통일 통일, 하고 자빠졌어."

내 입에서 막말이 마구 튀어나왔다.

"거 참, 너무하십네다."

앞좌석에서 민화협의 과장이 나직하게 한마디를 던졌다. 나는 담배를 꺼내 피웠다. 하고 싶은 말을 거칠게 토해냈더니 속은 후련했다. 버스는 평양의 어두운 밤거리를 달리고 있다. 다시는 평양에 오지 못할지도 모른다고 생각했다. 내가 입을 다물자 버스 안은 적막에 휩싸였다. 서글펐고, 눈물이 나오려고 했다. 평양에 다시 오지 못하는 것은 아무렇지도 않았지만, 그 동안 쌓아올린 내 믿음의 한켠이 와르르 무너지는 것은 견디기 어려웠다. 어쩌면 빙산의 일각만 보고 지레 성질을 부린 것인지도 몰랐다.

"통일운동에 대해 심각한 회의가 생겨서 요샌 나도 좀 힘드네요."

"그래요."

중묵 스님이 고개를 끄덕였다. 내 마음을 안다는 건지 그냥 동의한다는 건지 잘 모르겠다. 사실 나는 평화통일운동협의회의 사무처장의 일을 놓을까 말까를 저울질하고 있는 중이었다. 저울추는 놓을까 쪽으로 자꾸만 기울고 있었다. 자정 무렵까지 학원에서 강의를 해야만 하는 아내의 희생을 더 감당할 자신이 내겐 없었다. 중묵 스님이 다기를 헹궈 엎었다. 인사하고 중묵 스님의 방에서 나왔다. 하늘엔 별이 총총했다. 나는 알고 있었다. 서울로 돌아가면 저울추는 본래의 자리로 가 있을 것이라는 것을.

중묵 스님은 끝내 운서에 대해 말하지 않았다. 그렇다면 그 여자는 운서가 아닌 게 분명했다. 이렇게 생각하니 마음이 편해졌다. 요사채의 방으로 돌아와 팔베개를 하고 누웠다. 운서는 어디에서 무엇을 하며 누구랑 살고 있을까? 유행가 가사처럼 '어디에서 나처럼 늙어갈까?' 라고 생각하며 눈을 감았다. 그밤, 헤어진 뒤의 풍경이 망막 저편에서 아스라이 떠올랐다.

　현관문을 닫고 운서가 떠나자 나는 준비해뒀던 수면제를 꺼냈다. 손바닥 위에 놓인 수면제는 오십 알 정도였다. 이번에는 망설이지 않고 그것을 한 입에 털어넣었다. 수도꼭지를 비틀어 쏟아지는 물줄기에 입을 대고 벌컥벌컥 물을 들이마셨다. 수면제가 목구멍 속으로 넘어갔다. 비록 내가 잘못했지만 사랑에 대한 맹서는 지켰다고 자위하며 소파에 반듯하게 누웠다.
　텔레비전 옆의 액자 속에서 운서가 환하게 웃고 있는 게 보였다. 십삼 평 임대아파트의 거실은 좁았고, 곳곳에 운서의 숨결이 배어 있었다. 동거까지는 아니었지만 그 아파트에서 운서와 나는 많은 시간을 함께 보냈다. 액자를 돌려놓아야겠다고 생각하며 소파에서 몸을 일으키는데 머리가 피잉 돌았다. 그리고 아무것도 보이질 않았다.
　"정신이 좀 들어?"
　중묵 스님의 목소리였다. 눈을 뜨니 병원이었고, 간병인 의자에 중묵 스님이 앉아 있었다. 도로 눈을 감았다. 며칠 전에 실상사로 전화를 했을 때 중묵 스님은 천일기도중이라고 했었다. 기도중이라면 절을 떠나지 않는 것이 불문율이었다. 정신이 번쩍 들었다.

"어떻게 오셨어요?"

힘겹게 입을 열었다.

"택시 타고 왔지!"

중묵 스님이 퉁명스레 대답했다.

"예에? 실상사에서 서울까지요?"

누가 중묵 스님을 불렀을까? 아무리 기억을 더듬어봐도 내가 부른 것은 아니었다.

"죽이라도 좀 사다줄까?"

"언제 오셨어요?"

"사흘 전에."

"기도는요?"

"기도가 중요한가, 생명이 중요하지. 사람도 참, 뭐 이십대 초반도 아니고, 쯧쯧."

"어떻게 알았어요?"

"아파트에서 자살을 기도했으니 당장 가보라고 전화가 왔어. 나는 또 시대에 절망해서 그런 줄 알았지."

"누가요?"

"여잔데, 이름을 안 밝히데."

"운서 아니었어요?"

"글쎄……"

나는 눈을 감았다. 내 성질이 급하고 더러운 줄 알기 때문에 아파트에서 나가자마자 운서가 중묵 스님한테 전화를 한 것이 분명했다. 그렇다면 영원히 운서를 만날 수 없게 되었다는 엄중한 사실 앞에 온몸이 떨려왔다. 눈물이 흘렀다.

"위세척은 두 번에 걸쳐 했으니까 후유증은 없을 거고, 그저 마음을 비우고 좀 쉬어."

중묵 스님의 말대로 그저 마음을 비우고 누워 있기란 정말 힘들었다. 마음 깊은 곳에선 울화가 활활 타오르고 있었다. 마음이 상하니 몸도 덩달아 상해서 죽도 먹을 수 없었다. 뭐든지 먹기만 하면 거꾸로 치솟았다. 칠십 킬로그램이 넘던 체중이 순식간에 육십 이하로 줄어들었다.

"다이어트엔 실연이 최고로구만."

나는 그저 웃을 수밖에 없었다. 퇴원하자 중묵 스님이 쉬어야 한다며 나를 억지로 잡아끌어 실상사로 데리고 갔다. 거의 폐인이 되어버린 나는 읽지도 쓰지도 않고 여섯 달을 실상사에서 보냈다. 그리고 늦은 나이에 대학원에 진학했고 공부에만 온 신경을 집중했다. 석사과정을 마칠 즈음에야 비로소 운서를 온전하게 마음 밖으로 보낼 수 있었다. 내 마음 깊은 곳에서 운서를 온전하게 보낸 뒤에 막 대학원에 진학한 지금의 아내를 만났다. 그리고 오래지 않아 결혼했다.

설핏 잠이 들었던가, 도량석 목탁 소리에 눈을 떴다.

목탁을 올리는 행자의 솜씨가 만만찮았다. 고요하게 잠든 도량을 조심스럽게 깨우기 위하여 낮고 작게 시작하여 점점 크고 느리게 치는 것을 목탁을 올린다고 한다. 눈을 감고 목탁 올리는 소리를 들었다. 머릿속에 고요하게 잠든 대지와 도량과 숲이 조금씩 깨어나는 모습이 그려졌다. 도량에 고요하게 가라앉은 대기가 목탁의 울림에 따라 점차 물결을 일으키며 요사채의 창호지를 두들기고 처마 끝의 풍경도 흔들었다. 중묵 스님의 방 앞에 서 있는 감나무의 빈 가지마다 신록이 꿈틀거리며 돋아나고, 생태뒷간 옆 담장 아래에서는 노란 애기똥풀이 꽃망울을 터뜨렸다.

눈을 뜨고 몸가짐을 살핀 뒤 다른 방에 방해가 되지 않게 조심스레 문을 열고 나갔다. 천왕봉 위에는 달이 휘영청 밝았다. 수곽(水廓)으로 달려가 감로수로 텁텁한 입을 헹궈내고 얼굴을 씻었다. 걸레를 빨아 방으로 가지고 와서 이부자리를 개고 걸레질을 했다. 걸레질을 끝낸 뒤 가부좌를 틀었다.

행자가 목탁 내리는 소리가 귀에 아련했다. 목탁을 굵고 느리게 치다가 가늘고 작게 소리를 줄여나가는 것을 목탁을 내린다고 한다. 행자는 지금쯤 약사전을 깨우고 있을 터였다. 다시 눈을 감았다. 눈을 감자 어제 보았던 하얀 옷의 여자가 불쑥 나타났다. 여자를 떨쳐내려고 고개를 흔들었지만 아무 소용이 없었다.

'운서……를, 아직도 보내지 못했느냐? 손에 꽉 쥐고 있는 것이 무엇이냐? 손바닥을 펴보아라.'

내면의 명령에 따라 눈을 뜨고 손바닥을 폈다. 아무것도 없었다. 손바닥을 움켜쥐었다. 잡히는 것도 없었다. 다시 눈을 감았다. 자전거, 가운데가 텅 빈 바퀴, 하얀 옷을 입은 여자…… 고개를 흔들었다. 한숨을 길게 내쉬고 눈을 떴다. 종소리가 새벽의 지리산을 흔들고, 도량을 흔들고, 창호지를 흔들고, 나를 흔들었다. 가부좌를 풀었다. 담배를 챙겨들고 밖으로 나갔다.

　요사채를 나가면서 보니까 고요한 달빛 아래에 핀 매화가 바람에 흔들리고 있었다. 담배를 입에 물고 라이터를 켰다. 그때 하얀 옷을 입은 여자가 생태뒷간에서 나왔다. 라이터를 끄고 여자를 기다렸다. 생태뒷간 앞의 가로등 불빛에 여자의 얼굴이 드러났다. 잊혀지지 않았던, 한 시절의 갈피에 차곡차곡 쌓여 있는 얼굴이었다. 한 걸음 가까이 여자 앞으로 나아갔다. 운서가, 가방을 들고 아파트 현관을 나섰던 운서가 분명했다. 여자도 나를 보았다. 나는 주춤 뒤로 물러섰다. 운서는 나를 보고도 모른 척 지나쳤다. 여자는 요사채로 가지 않고 천왕문 쪽으로 걸어갔다. 나는 운서의 뒤를 따랐다. 운서는 천왕문 앞에서 보광전을 향해 합장을 하더니 실상사에서 나갔다. 나는 정신없이 뛰어 운서의 뒤에 섰다.

　"저기요."

　내 말에 운서가 걸음을 멈추고 나를 보았다. 다시 확인해보아도, 여자는 내 가슴에 화인처럼 찍힌 운서였다.

　"혹시, 저 모르시겠어요?"

　나는 조심스럽게 물었다. 여자가 피식 웃었다.

　"누구신데요?"

　여자가 달빛에 피어난 매화처럼 서늘하게 되물었다.

"이름이…… 운서, 아닌가요?"

"아닌데요?"

얼굴은 운서가 분명한데, 운서가 아니라고 냉정하게 말하고 돌아서는 여자를 나는 그저 놀란 눈으로 바라볼 뿐이었다. 어처구니가 없었다. 여자는 천천히 해탈교 쪽으로 걸어갔다. 나는 여자의 뒤를 따랐다. 여자는 하늘하늘한 몸짓으로 석장승의 코를 만지고 해탈교로 들어섰다. 해탈교는 실상사와 세상을 이어주는 시멘트 다리였다. 여자가 해탈교를 건너가자 불현듯 떠오르는 것이 있어 재활용품 분리수거장으로 부리나케 뛰어갔다. 분명히 여기 있었는데, 여자가 타고 왔던 자전거가 온데간데없었다.

그때, 구름 속으로 보름달이 들어가고, 세상은 잠시 어두워졌다. 여자는 그냥 걸어갔는데 자전거가 사라지다니, 믿을 수가 없어 여기저기를 뒤지고 살펴보았다. 내가 헛것을 본 것일까? 구름 밖으로 보름달이 나오자 세상이 한순간에 밝아졌다. 그때, 자전거가 눈에 띄었다. 가까이 가서 자세히 보니 새 자전거가 아니라 완전히 망가져버린 자전거였다.

자전거 뒷바퀴는 살만 앙상했다. 잠시 넋을 놓고 자전거에다 멍한 눈길을 쏟아부었다. 지금쯤 여자도 해탈교를 건너 세상 속으로 들어갔을 터였다. 망가진 자전거를 들어 재활용품 분리수거장에다 던졌다. 와장창 소리를 내며 자전거가 거꾸로 처박혔다. 아까 그 여자가 운서든 운서가 아니든, 그건 이미 중요하지 않았다.

거꾸로 처박힌 자전거를 보며 담배 한 대를 오래오래 피웠다.

내 입으로 들어갔다가 폐를 돌아 다시 입 밖으로 나와 허공으로 뿜어져 가뭇없이 사라지는 연기…… 초등학교 오학년인 아들녀석이 눈물로 하소연했었지만 끝내 끊기를 거절했던 담배를 무심히 쳐다보았다. 담배 끝에 구더기처럼 달린 회색의 기다란 재가 툭 떨어졌다. 재가 떨어진 자리에 동백처럼 붉디붉은 담뱃불이 남았다. 헤어져달라고 소리치며 담뱃불로 손목을 지지던 운서의 광기 어린 눈빛이 새삼스러웠다.

연기에다 심연 속에 앙금처럼 가라앉아 있던 운서를 실어 몸 밖으로 내보내고 싶은 마음이 간절했다. 담배꽁초를 버리고 돌아섰다. 그러자 거꾸로 처박힌 자전거의 뒷바퀴가 슬금슬금 돌기 시작했다. 문득 어제 낮에 들었던 농부의 말이 돌고 있는 자전거 바퀴에서 떠올라 내 가슴을 쳤다. '사는 게…… 사는 거시제.' 그랬다. 사(死)는 것은 사(生)는 것이었다. 새벽바람에 매화가 지고 있었다.

여름 실상사

머리를 만져보았다. 길었던 머리카락이 잘려나가고

여기저기 들쑥날쑥한 머리카락이 까칠하게 만져졌다.

아무리 떠올려봐도 머리를 잘랐던 기억은

완벽하게 사라지고 남아 있질 않았다.

무슨 일이 있었던 것일까?

1

뼛속까지 시렸다.

문을 꼭꼭 닫았는데도 온몸으로 파고드는 추위에 국희는 목까지 이불을 끌어당겼다. 아무리 참으려고 해도 이가 저절로 달달달 떨렸다. 윗니로 아랫입술을 꾹 깨물었다. 입술 속에 이가 푹 파묻힐 정도로 깨물었지만 떨림은 멈추질 않았다. 무릎을 젖가슴까지 끌어올리고 몸을 둥글게 말았다. 마치 얼음덩어리 하나가 핏줄 속에 떠다니는 느낌이었다. 몸을 잔뜩 웅크리고 힘을 주는 바람에 팔다리가 욱신욱신 저려왔다. 백양로에는 백양나무가 한창이었다. 땀으로 온몸이 흥건하게 젖었는데도 오한이 아랫배를 쿡쿡 쑤셔댔다. 서늘한 기운이 자궁을 휘젓자 자궁이 돌처럼 딱딱하게 굳어오는 느낌이었다. 깜짝 놀란 국희는 손바닥을 마주 비벼 따뜻하게 만든 뒤 자궁 위를 덮었다. 따뜻한 기운이 자궁 속으로 들어오는 느낌에 마음이 한결 놓였다. 바람이 불자 백양나무 잎사귀들이 일제히 춤을 추었다. 햇살이 눈부신 오후 세시였다. 긴장을 풀고 몸을 확 놓아버렸으면 좋으련만, 이젠 발등까지 시려왔다. 이대로 누워 있다가는 체온을 다 빼앗기고 얼어 죽을 것만 같았다. 국희는 감고 있던 눈을 떴다. 텅 빈, 흔한 달력 한 장 걸리지 않은, 낯선 벽이 눈에 가득 들어왔다. 순간 벽이 환해지며 심하게 어지러웠다. 빙글빙글 돌며 곧 무너져내릴 것만 같았다. 팽이처럼 돌아가는 벽 때문에 구역질이 올라왔다. 헛구역질이 격렬하게 이어지자 뱃속이 뒤틀렸다. 백양나무 그늘 속에서 남자를 기다렸다. 국희는 몸을 둘둘 말아 공처럼 만들어 몰려오는 추위와 어지럼증을 견뎠다. 그러다 어느 순간, 가지고 있던 모든 것을 버리듯 몸을 툭 놓아버렸다. 팽팽했던 활시위가 끊어지는 것처럼 몸도 순식간에 풀려버렸다. 몸을 놓아버리니 멀리서 매미 우는 소리가 아득하게 들렸다.

몇시쯤 되었을까?

이불을 밀어내고 손목을 끌어올렸다. 옅은 흔적만 남긴 채 시계는 보이지 않았다. 국희는 깜짝 놀라 이불을 완전히 걷어올려 시계를 찾아 두리번거렸다. 손가방을 거꾸로 뒤집어 탈탈 털어보았지만 시계는 나오지 않았다. 국희는 털썩 주저앉아 벽에 몸을 기댔다. 어디에서, 언제 시계를 잃어버렸을까? 아무리 더듬어보아도 시계와 관련된 기억은 머릿속에 존재하지 않았다. 오후 세시 반, 남자는 좀체 오지 않았다. 남자는 유부남이었다. 초등학교 삼학년과 일학년에 다니는 아들과 딸을 사랑한다고 말했다. 딸에 대해 이야기를 할 때면, 입이 다물어지질 않았다. 국희는 며칠 전의 시간 속으로 기억을 되돌리며 헝클어진 머리를 매만졌다. 손가락에 머리카락이 뭉텅이로 걸려나왔다. 소름이 쫙 끼쳤다. 한 번 매만질 때마다 머리카락이 엄청나게 빠지곤 했다. 손을 무릎 옆에 힘없이 내려놓았다. 뒤통수를 호되게 맞은 느낌이었다. 멍한 표정으로 국희는 한참 동안 앉아 있었다.

여기는 어딜까?

언제 어떻게 이 방으로 왔을까? 사진첩의 몇 쪽이 한꺼번에 사라져버린 것만 같았다. 이토록 완벽하게 기억이 사라질 수 있다니…… 몸은 추운데 이마에서는 땀이 샘물처럼 솟았다. 다시 매미 우는 소리가 멀리서 혹은 가까이에서 들려왔다. 국희는 마음을 집중하여 기억을 더듬어보았다. 병원에서 나와 술을 마셨고, 문득 정혜가 보고 싶다는 생각을 한 것 같은데, 그후엔 무엇을 어떻게 했는지 도무지 떠오르질 않았다. 술에 취해 혼자 걷다가 일곱번째 만난 남자를 붙잡고 막무가내로 "섹스하자"며 잡아끌었을까? 쓴웃음이 입가에 떠올랐다가 사라졌다. 입술이 냉랭하게 굳었다. 사랑했던 사람과 헤어지고 별리의 상처를 잊는 방법으로는 낯선 남자와의 섹스가 최고였다. 재작년 겨울, 압구정동의 커피숍에서 사귀던 남자와 헤어지고 난 뒤에 국희는 세상에서 가장 좋은 것, 아름다운 것, 비싼 것, 아까운 것을 박살내고 싶은 충동에 시달렸다. 포장마차에서 소주를 마시며 그것이 무엇일까를 곰곰이 생각했다. 일 주일 전에 샀던 노트북? 집에 있는 물건 중에서는 그게 제일 비싼 물건이었다. 소주를 목구멍에 톡 털어넣고 국희는 고개를 슬슬 저었다. 빈 잔에 소주를 채우며 피식, 웃었다. 나쁜 자식, 기어이 복수하고 말 거야. 네가 가장 아끼던 것을 깨버릴 거야! 순간, 사귀던 남자가 간절하게 원하던 것이 무언지 떠올랐다. 그래, 좋아. 국희는 서둘러 나머지 소주를 마시고 포장마차에서 나왔다. 밤이 깊었고 세상은 엿같았고 국희의 발은 비틀거렸다. 한 남자가 국희를 슬쩍 보며 지나갔다. 흐응 짜식, 넌 아냐 임마! 국희는 걷다가 말고 가만히 서서 다가오는 남자들에게 번호를 매겼다. 다섯, 여섯…… 일곱번째의 남자가 걸어왔다. 늘씬한 키, 치렁치렁한 장발, 배우처럼 화사한 꽃미남이 아니라 똥배가 맹꽁이처럼 튀어나온 아저씨였다. 국희는 아저씨의 앞을 가로막았다. 아저씨 나랑 자러 가요. 맹꽁이 아저씨가 깜짝 놀라 국희를 위아래로 훑어보았다. 미친년! 어떤 아저씨는 침을 뱉으며 상욕을 남기고 가기도 했었다. 이번에도 그럴 수 있겠다 싶은 마음이 들었다. 국희는 맹꽁이 아저씨를 빤히 쳐다봤다. 많이 취했구나. 얼른 집에 들어가야지. 부모님 걱정하신다. 나도 너만한 딸이 있어. 미안하다. 맹꽁이 아저씨는 점잖게 타이르고 돌아섰다. 미안하다? 아저씨가 뭔데 나한테 미안해? 하며 손가락질을 해댔다. 그러다 문득 모든 행동을 멈췄다. 얼굴이 화끈 달아오르며 부끄러웠다. 국희는 그때까지 해오던 일곱번째 만나는 남자와의 무작정 섹스를 끝내버렸다. 다시는 그런 식으로 몸을 내던지며 스스로를 망가뜨리고 싶진 않았다.

아아악! 머리카락을 쥐어뜯으며 비명을 지르고 싶었다.

이 년 가까이 지난 어느 겨울의 풍경은 이토록 생생한데, 어찌하여 어제의 풍경은 이토록 깜깜하기만 할까? 국희는 방문을 밀었다. 순간, 처마 끝에 매달린 풍경이 눈에 확 들어왔다. 높고 파란 하늘을 배경으로 구리 물고기 한 마리가 천천히 유영하고 있었다. 햇살은 쟁쟁했고 사위는 고요했다. 잠시 후, 요사채 앞의 감나무에서 매미가 울었다. 칠 년을 땅 속에서 굼벵이로 살다가 날개를 달고는 겨우 칠 일을 살다 생을 마감한다는 곤충의 얘기를 어느 만화책에서 읽은 적이 있었다. 칠 년과 칠 일, 비교할 수도 없는 시간의 길이가 참으로 어마어마하고 허망해서 신기하게 생각했었다. '나는 굼벵이일까 매미일까?' 국희는 마루로 나가려다 말고 도로 주저앉았다. 화장을 안 하고 밖으로 나갈 수는 없는 노릇이었다. 화장을 안 한다는 것은 속옷을 안 입은 것과 마찬가지였다. 국희는 손가방 옆에 있는 화장품 파우치에서 콤팩트를 꺼내 열었다. 작은 거울에 얼굴을 비췄다. 낯선 사람의 얼굴이 보였다. 얼른 콤팩트를 닫았다. 짧고 엉망인 머리카락이 눈에 선명하게 남아 있었다. 언제 잘랐을까? 기억이 나질 않았다. 국희는 마음을 진정시키고 다시 콤팩트를 열었다. 작은 거울에 거친 가위질에 잘려나간 짧은 머리와 입술 주위로 번진 루주가 반대로 담겨 있었다. 사람의 몰골이 아니었다. 얼굴이 아니라 쓰레기장이었다. 고민 끝에 클렌징크림으로 얼굴을 닦아냈다. 이어서 순서대로 스킨, 로션, 메이크업베이스, 파운데이션을 발랐다. 마지막으로 립스틱을 발라 파리한 입술을 감췄다. 하지만 머리가 문제였다. 모자라도 있으면 좋으련만. 국희는 로션을 손에 듬뿍 발라 머리를 더욱 헝클어뜨렸다. 뻗친 머리를 더욱 뻗치게 만들었다. 다시 거울을 보니 전보다는 조금 나았다. 옷에 묻은 먼지와 머리카락도 대충 털어내고 마루로 나갔다. 마루 끝에 앉아 신발을 신고 고개를 들었다. 쨍쨍한 햇살에 눈이 부셨고 약간 어지러웠다. 살며시 눈을 감았다. 여기저기에서 매미들이 쩌렁쩌렁 울어댔다. 매미의 울음과 울음 사이를 비집고 목탁 소리가 은은하게 퍼지고 있었다. 목탁 소리는 국희의 가슴을 때렸고 한낮의 실상사는 느리게 흘러갔다. 눈을 감고 있으니 목탁 소리는 마치 교향곡이 포말처럼 섞인 강물로, 방금 보았던 풍경에 매달린 물고기는 팔팔하게 살아 헤엄치는 은빛의 피라미로 느껴졌다. 그런 상상을 했더니 정말로 교향곡이 흐르는 강물 위로 한 마리의 피라미가 튀어오르는 풍경이 생생하게 펼쳐졌다.

"일어났니?"

귀에 익은 목소리에 상상 속의 풍경이 깨졌다. 교향곡과 함께 흐르던 강물도, 펄펄 튀어오르던 한 마리의 은빛 피라미도 사라지고 만취한 다음날 아침의 쓰라린 현실로 돌아왔다. 가만히 눈을 떴다. 손톱에 흙이 까맣게 박힌 거친 손과 호미가 맨 먼저 보였다. 고개를 천천히 올리니 머리에 수건을 쓰고 구릿빛으로 웃고 있는 시골 아낙 차림의 정혜가 보였다. 한 번도 상상해보지 않은 정혜의 모습이었다. 정말 정혜가 맞나? 국희는 고개를 약간 꼬고 곁눈으로 정혜를 쳐다보았다. 정혜가 희미하게 웃었다. 한 번도 만나본 적이 없는 사람처럼 아주 낯설게 느껴졌다. 정혜가 머리에 쓴 수건을 벗더니 그것으로 옷에 묻은 먼지를 탈탈 털고 옆에 앉았다. 정혜한테서 땀내음이 훅 풍겨왔다.

"속은 좀 어때?"

정혜가 물었다.

"괜찮아."

국희가 대답했다.

"배 안 고파?"

"응."

배는 고프지 않았지만 갈증은 아주 심했다.

"뭐라도 좀 먹어야지?"

"됐어."

"여기 좀 앉아 있어."

정혜가 벌떡 일어서더니 어디론가 사라졌다가 잠시 후에 수박을 가지고 왔다. 정혜가 내민 수박을 한 입 깨물었더니 달고 시원했다. 목이 말랐던 국희는 수박 두 조각을 더 먹었다. 갈증이 가시자 담배 생각이 간절했다.

"절에선 담배 못 피우지?"

국희가 물었다. 정혜가 싱긋 웃으며 고개를 끄덕였다. 국희는 고개를 돌려 자신이 나왔던 방을 쳐다보았다. 방문 위에 붓글씨로 쓴 '정진'이라는 단정한 글자가 붙어 있었다. 무슨 뜻일까? 궁금했지만 묻지 않았다. 한자를 전혀 모르니 무슨 뜻인지 알 수 없었지만 굳이 알아야겠다는 생각은 들지 않았다.

"담배 갖고 나와."

"피울 데가 있어?"

"절 밖으로 나가면 되지 뭐. 산책도 할 겸."

국희는 얼른 방으로 들어가 가방을 뒤져 담배를 찾았다. 막상 담배를 손에 쥐자 절에까지 와서 굳이 이래야 하는가 하는 생각이 들었다. 하지만 그런 생각도 한순간, 흡연 욕구에 목이 탔다.

2

정혜가 말없이 앞장섰다.

작은 연못을 지나 극락전 옆을 통과해 숲으로 들어갔다. 작은 오솔길이 숲속으로 구불구불 뻗어 있었다. 정혜의 발걸음은 느리고 무거웠지만 국희는 그녀를 따라잡느라 숨이 가빴다. 숨이 턱까지 차올라 한숨 돌리고 서 있으면 정혜는 어느새 저만치 가 있었다. 무너진 돌담을 지나니 곧장 숲이 펼쳐졌다. 숲 한가운데로 오솔길이 가르마처럼 예쁘게 뻗어 있었다. 오솔길의 감촉은 아주 좋았다. 조금 올라가자 숲속에 정혜가 서 있었다. 정혜한테로 가기 위해 오솔길을 벗어났다. 정혜는 나무토막을 가지런히 세워놓은 것을 살피고 있었다. 표고버섯 포자를 심어놓은 나무라고 정혜가 설명해주었다. 국회는 담배에 불을 붙였다. 첫 모금을 깊이 빨아 내뿜었더니 꽉 막혔던 숨통이 툭 트이는 기분이었다. 순식간에 한 개비를 허겁지겁 피웠다. 숨통이 트이니 몸도 풀렸다. 핑도는 느낌에 옆에 있는 소나무를 잡았다. 정혜가 소리없이 웃었다. 정혜는 국회의 등을 살짝 치더니 다시 오솔길을 걷기 시작했다. 정혜가 흔들거리며 걸어가는 오솔길. 구부정하게 뻗어올라간 하얀 오솔길이 새삼스레 눈에 들어왔다. '인생에는 숱한 오솔길이 있지' 라고 말한 남자가 있었다. 국회도 오솔길 위에 발을 올려놓았다. 한참을 걸어갔더니 느닷없이 숲이 끝나고 야트막한 등성이 가득 밭이 펼쳐졌다. 그 밭의 한가운데에 완만한 곡선으로 부드럽게 구부러진 큰 소나무 한 그루가 폭염 속에 우뚝 서 있었다. 소나무 그늘이 무척 시원해 보였다. 그 아래서 편안하게 한숨 자고 싶은 욕심이 꿈틀거렸다. 마음 깊은 곳에 저런 나무 한 그루쯤 서 있다면 얼마나 좋을까? 나무는커녕 풀 한 포기 자랄 수 없는 사막으로 변해버린 마음, 그 마음을 국회는 어쩌질 못했다. 소나무 그늘 바로 옆의 땡볕 아래에는 머리에 수건을 쓴 아낙 둘이서 김을 매고 있었다. 보기만 해도 더웠다. 국회의 등에서 진땀이 송알송알 배었다. 정혜는 어디 갔을까? 여기쯤 있어야 하는데…… 문득 낯선 곳에 혼자 서 있다고 생각하니 겁이 더럭 났다. 나쁜 계집애, 어디로 간 거야? 국회는 오도 가도 못 하고 땡볕 아래 우두

커니 서 있었다. 국희는 정혜를 기다렸다. 무엇을 하는지 정혜는 좀체 모습을 나타내질 않았다. 가시처럼 따갑게 살갗으로 파고드는 햇살이 끔찍했다. 햇살이라도 피할 요량으로 눈앞에 보이는 숲을 향해 걸었다. 숲으로 들어서자 국희는 두 팔을 크게 벌려 한껏 숲의 공기를 빨아들였다가 천천히 내뿜었다. 국희는 나무 그루터기에 앉아 정혜를 기다리기로 했다. 은수는 무엇을 하고 있을까? 은수를 생각하면 먼저 웃음이 나왔다.

교수님 똥배 좀 봐. 임신 칠 개월이다 칠 개월.

은수가 국희한테 속삭였다. 국희는 깜짝 놀랐다. 은수는 다른 학생에 비해 한 옥타브쯤 목소리가 높았다. 옆에 있던 정혜가 소리없이 웃었다. 다른 아이들은 손으로 입을 막고 키득거렸다. 젊은 교수의 얼굴이 순식간에 일그러졌다. 교수가 교재를 탁 덮더니 몸을 꼿꼿하게 세웠다.

학생 일어나.

교수가 은수를 정확히 가리켰다. 은수가 민망한 표정으로 일어섰다. 국희는 교수의 똥배와 은수를 보며 킥킥 웃었다.

자네 배에는 똥이 안 찼나? 배에 똥 안 찬 사람 있으면 나와봐! 배에는 똥이 차야 정상이야. 물론 나는 배가 나왔어. 보기엔 별로 안좋겠지. 하지만 배에 똥 찬 것보다 더 큰 문제는 대가리에……

젊은 교수는 잠시 뜸을 들였다. 단단히 화가 나 벌겋게 달아오른 얼굴로 학생들을 둘러본 뒤에 교수는 입을 열려다 말고 침을 꿀꺽 삼켰다.

대가리에 똥이 차는 거야. 알았어? 나는 배에 똥이 찼지만 자네
는 대가리에 똥이 찼어. 알아?

졸지에 대가리에 똥 찬 여학생이 돼버린 은수. 강의실이 웃음
바다로 변했다. 은수는 대답하지 않았다. 교수는 은수를 뚫어져
라 쳐다보았다. 은수는 고개를 푹 숙였다. 강의실은 순간 고요해
졌다. 교수가 강의를 하거나 말거나 서로 속닥거리던 아이들도
수다를 뚝 그쳤다.

아느냐고?

교수가 갈라진 목소리로 물었다. 보따리 장사, 파리 목숨으로
불리는 시간강사에 불과했지만 은수가 아무래도 잘못 건드렸다
는 느낌이 들었다. 비록 시간강사지만 자존심을 건드리는 짓만큼
은 하지 말았어야 했다.

아느냐고?

지겨웠다. 대답이 없으면 이쯤에서 멈춰야 하는데 기어이 쪽을
줘야만 하는 것인지, 국희는 입을 삐죽 내밀었다. 은수는 고개를
숙이고 아랫입술을 잘근잘근 씹었다.

알아, 아느냐고?

교수의 목소리가 높아졌다. 은수가 갑자기 사마귀처럼 고개를
꼿꼿하게 쳐들었다.

몰라요.

은수의 대답이 쩌렁하게 강의실을 울렸다. 국희는 깜짝 놀랐

다. 은수는 책상 위에 펼쳐뒀던 책이며 노트를 사납게 쓸어버리더니 핸드백을 들고 바람처럼 강의실에서 나가버렸다. 정혜가 은수의 뒷모습을 보며 싱긋 웃었다. 은수가 나가자 젊은 교수는 맹자 왈 공자 왈 훈시로 강의를 채웠다. 강의가 끝나자 정혜가 은수의 책과 노트를 챙겼다. 밖으로 나오니 은수는 등나무 그늘 아래에서 화장을 고치고 있었다. 콤팩트로 얼굴을 톡톡 두드린 뒤에 펄이 섞인 연분홍 루주를 입술 위에 새로 발랐다. 은수의 연분홍 입술이 도발적이었다. 방금 전의 수모를 말끔하게 잊어버린 태도였다.

이거 괜찮지?

응.

국희는 터져나오는 웃음을 참지 못해 손으로 입을 막았다. 은수가 살짝 노려보았다. 국희는 은수 옆에 앉았다. 정혜는 말없이 책과 노트를 은수의 핸드백 옆에 놓았다. 은수가 정혜를 향해 눈을 찡긋했다.

왜 웃어?

너도 참 어지간하다.

뭐야?

대가리에 똥이…… 후후후, 분하지도 않니?

우씨!

은수가 주먹으로 국희의 등을 톡톡 때렸다. 은수는 정말 뒤끝이 없는 애였다. 아무리 화가 나도 돌아서면서 잊어버리는 재주를 갖고 있었다. 은수는 루이뷔뚱 핸드백에 화장품 쌈지를 넣었다. 정혜가 벌떡 일어나더니 자판기를 향해 걸어갔다. 커피 중독인 정혜의 뒷모습은 언제 봐도 예뻤다. 은근히 질투가 샘솟았다. 가는 허리와 위로 치켜올라간 엉덩이, 게다가 늘씬한 다리가 정말 부러웠다. 정혜는 오밀조밀 예쁘지는 않았지만 수수했다. 언뜻 보면 못생겼다고도 할 수 있었지만 정혜의 얼굴에선 맑은 기운이 풍겨나왔다. 산업디자인과 학생들 속에서 있는 듯 없는 듯 했지만 없으면 반드시 표시가 나는 친구였다. 게다가 정혜는 여자의 기본인 루주도 바르지 않았다. 화장기 없는 맨얼굴로 수수하게 나타나 언제나 은수와 국회를 주눅들게 만들었다. 은수도 그렇지만 국회도 화장을 하지 않으면 불안해서 밖으로 나가질 않았다. 쉬는 시간에도 짬짬이 거울을 들고 얼굴을 살피고 작은 흠이라도 발견하면 즉시 화장을 고쳐야 직성이 풀렸다. 정혜가 자판기에서 커피를 뽑아와 내밀었다.

너, 그러다 빵구나면 어쩔래?

커피를 받으며 국회가 은수한테 물었다. 은수는 입술을 한 번 삐죽 내민 뒤에 휴대폰으로 문자를 보내느라 손가락을 바삐 놀렸다. 그걸 보고 빙그레 웃고 난 뒤에 정혜는 커피를 마시며 화집을 펼쳤다. 국회는 커피를 홀짝 마시며 왜 이렇게 심심하지, 라고 생각했다. 정혜는 그림 속으로 빨려들어가는 것처럼 고개를 푹 숙였다. 고개를 길게 빼들고 슬쩍 보니 흑백의 그림인데 분위기가 조금 으스스했다. 의자에 앉은 사람이 손에 가위를 들고 있고 주변엔 온통 머리카락 같은 게 널려 있었다. 언뜻 보기엔 무척 괴기스러운 느낌이 들었다.

뭐야?

국희는 정혜의 손에서 화집을 빼앗아 그림을 보았다. 프리다 칼로, 〈머리카락을 자른 자화상〉, 1940년, 캔버스에 유채 40×28cm. 가슴 깊은 곳으로부터 알 수 없는 전율이 짜르르 흘러내렸다. 여자는 사랑했던 사람한테 어마어마한 상처를 받고, 그 상처를 견디고 견디다가 마음을 완전히 바꾸게 되면 머리카락을 잘라 증표로 삼는다고 했는데, 여자가 머리를 자를 때는 남자를 잘라내겠다는 의지의 표현이라고 하던데…… '프리다 칼로'라는 이름의 이 여자는 무엇 때문에 스스로 머리카락을 잘랐을까? 방 안 가득 여기저기에 잘려나간 머리카락이 어지럽게 널려 있고, 손에는 여전히 가위를 들고 꼿꼿이 앉아 있는 바짝 야윈 여자. 왼쪽으로 몰린 눈동자는 누구를 보고 있는 것일까? 단정한 차림의 정장은 헐렁했다. 헐렁한 옷과 잘린 머리카락 그리고 가위와 눈동자가 국희의 마음을 아프게 흔들었다. 그림 상단에는 악보와 노랫말이 그려져 있었다. 노랫말이 그림 밑에 번역되어 있었다. '알겠니, 내가 널 사랑한 건 네 머리카락 때문이었는데, 이제 그 머리카락이 네게 없으니, 더이상 널 사랑하지 않아.'

잔인한 노랫말이네.

자신도 모르게 혼잣말이 튀어나왔다. 정혜가 국희의 얼굴을 보며 빙그레 웃었다.

잔인하지 그치? 근데, 가사에서 '네'를 모두 '내'로 바꿔야 한다는 생각이 들어.

정혜가 말했다. 국희는 정혜의 말대로 '네'를 모두 '내'로 바꿔 읽었다. '알겠니, 내가 날 사랑한 건 내 머리카락 때문이었는데, 이제 그 머리카락이 내게 없으니, 더이상 날 사랑하지 않아.' 국희는 고개를 갸웃거렸다. 모든 게 '나' 때문이라니, 싫었다. 비록 내가 잘못했다고 하더라도 자신의 잘못으로 인정한다는 게 국희는 싫었다.

나는 그냥 '네'가 좋은데?

국희는 솔직하게 대꾸했다.

그래?

정혜가 고개를 들어 하늘을 쳐다보았다. 하늘을 향해 한숨을 길게 내쉬었다. 국희는 얘가 왜 이럴까 생각했지만 캐묻지 않기로 했다. 물어도 대답하지 않을 정혜였다. 국희는 아직까지 마음의 변화 때문에 머리카락을 자른 적은 없었다. 지금껏 머리카락처럼 잘라낼 남자를 만나지 못했고, 더군다나 사랑을 해본 적도 없었다. 중학교 시절 선생님을 잠깐 좋아한 적은 있었지만 그것은 누구나 통과의례처럼 겪는 일에 불과했다. 국희는 화집을 탁 덮은 뒤에 정혜한테 돌려주었다. 자화상의 주인공처럼 살고 싶지는 않았다. 얼마나 끔찍할까 싶었다. 구질구질한 자화상이었다. 다시 보고 싶지 않았다.

은수 너, 그러다 빵구나면 어쩔래?

화제를 다시 은수한테로 돌렸다. 정혜는 아까 그 자화상을 다시 펼쳐 찬찬히 바라보고 있었다.

어쩌긴? 빵구나는 거지 뭐. 나 빵구 하나도 안 무서워. 장학금 탈 것도 아니고.

은수는 내숭이 없는 애였다. 처음 입학했을 때, 단박에 내숭이 없는 애란 걸 알아봤다. 국희는 그런 친구들이 좋았다. 내숭을 떨며 속으로 호박씨를 까는 애들은 질색이었다. 그래서 여고 시절의 친구들 중에는 노는 애들이 제법 있었다. 노는 애들은 내숭을 몰랐다. 정혜는 은수의 여고 동창이었다. 진한 화장에다 짧은 미니스커트를 주로 입고 머리 모양까지 일 주일에 한 번은 바꿔야 직성이 풀리는 은수에 비해 정혜는 대충 묶은 머리에다 면바지나 청바지를 입고 다녔다. 여러모로 어울리지 않는 두 사람인데도 은수와 정혜는 늘 붙어다녔다. 노는 애들은 화끈하기도 하지만 어떤 문제에 대해 구구절절 이유를 따지지 않았다. 한마디로 기분파였다. 뭔가에 대해 굳이 시시콜콜 설명하지 않아도 서로 통하는 것이 있다는 것은 얼마나 편하던지. 정혜는 디자이너가 되겠다고 책을 가까이 했지만 은수는 압구정동 로데오 거리에 의상실을 내겠다는 말로 책을 멀리했다. 여고 시절부터 대학생 오빠들하고 놀아봐서 그때 벌써 대학이 별거 아니라는 걸 알았다고 할 정도니…… 국희는 은수와 먼저 친구가 되었고 나중에 정혜와 친구가 되었다. 세 사람은 어울리지 않는 삼총사가 되어 함께 어울렸다.

참! 너 알바 안 할래?

은수가 담배 연기를 뿜어내며 물었다. 은수는 작년부터 아르바이트로 돈을 많이 벌었다. 편의점이나 커피숍엘 나가는 정도의 아르바이트가 아니었다. 이틀만 아르바이트를 하면 편의점이나 커피숍에서 한 달 꼬박 일하고 받는 액수의 돈을 벌 수 있다고 은수는 자랑삼아 말한 적이 있었다. 그래서 그런지 은수의 지갑은 언제나 두툼했다. 은수의 지갑이 두툼한 것은 정말 부러웠지만 은수의 아르바이트는 결코 부럽지 않았다.

싫어.

돈이 떨어졌을 때에는 나가볼까 생각해본 적도 있었다. 주머니에 돈이 떨어지면 기분도 덩달아 꿀꿀해졌다. 돈이 없어도 고개를 빳빳하게 들고 다녀야 하는데, 저절로 고개가 숙여졌다. 중고생을 가르치는 아르바이트를 하는 게 가장 깔끔한데 명문 대학이 아니라서 과외 자리 구하는 게 하늘의 별따기였다. 생각해보니 지난번에 은수한테 빌린 오만원도 아직 못 갚았다. 은수는 액수가 적어서 벌써 잊은 모양이지만 국희의 마음에는 찜찜하게 남아 있었다. 은수랑 함께 옷을 사러 갔다가 베르사체 티셔츠가 너무 예뻐 빌린 돈이었다. 은수랑 옷을 보러 나가면 창피해서 죽을 지경이었다. 은수는 아르마니며 베르사체의 옷들을 턱턱 사는데 옆에서 구경만 하면서 장단을 맞추려니 자존심이 팍팍 상했다.

어째서 그래? 하룻저녁에 기본 이십이고 운만 좋으면 오십은 건져. 야, 막말로 학교 앞 분식점이나 커피숍에서 한 달 내내 뛰어

봐라, 오십이나 받는가. 돈 떨어져서 징징거리지 말고 나랑 나가
자. 화끈하게 벌어서 화끈하게 쓰는 거야.

　은수는 루주 자국이 빨갛게 묻은 담배꽁초를 땅바닥에 던지더
니 구둣발로 밟아 껐다. 국희는 잠깐 고민에 빠졌다. 주량이 적은
것은 아니니 술 마시는 건 걱정이 없지만…… 마음에도 없는 웃음
을 팔기가 찝찝했다. 대학에 들어오기 전까지만 해도 돈이 그렇게
많이 필요한지 잘 몰랐다. 서울 출신들도 강남파와 강북파로 나뉘
고 같은 강남이라도 대치동, 방배동, 압구정동이 아닌 송파동이나
가락동에 살면 스스로 부끄러워하는 애들도 있었다. 정말 웃기는
짓이었지만 그렇게 강남 출신, 비강남 출신으로 나뉘는 게 그냥
웃고 말 일은 아니었다. 하물며 서울도 아닌 지방 출신들은, 강남
출신 애들이 촌뜨기라고 놀리지는 않았지만 스스로를 그렇게 여
기는 분위기가 강했다. 촌뜨기 취급을 받지 않으려고 은수는 명품
으로 치장했다. 돈이 모자라 진짜 명품을 가지지 못하면 밤에 동
대문시장엘 나가 짝퉁 명품이라도 샀다. 짝퉁 명품과 진짜 명품은
사실 구별이 어려웠다. 어쩌면 그리도 똑같이 만들었는지 모르겠
다. 그저 기술이 놀라울 뿐이었다. 명품을 위해, 아니, 반드시 그
런 것만은 아니지만 은수는 돈을 벌기 위해 기를 썼다. 그 동안에
도 정혜는 여전히 프리다 칼로의 머리카락을 자른 자화상에서 눈
을 떼지 않고 있었다. 명품에도 돈에도 관심이 없는 정혜가 부러
웠다. 하지만 국희는 정혜처럼 초연하지 못했다.

　순결한 척 말고.

은수가 직설적으로 나왔다. 순결? 국희는 피식 웃었다. 순결이
라니, 웃기는 말이었다. 대학에 막 들어와 촌뜨기가 되어 두리번
거리며 학교에 다니고 있을 때, 향우회에서 만난 고향 오빠한테
당했다. 거의 강간을 당하다시피 일이 끝나고 나니, 그저 그랬다.
정말이지 '그저 그랬다'. 그게 엄청난 일인 줄 알았는데 막상 아
침에 눈을 뜨니 아래가 조금 뻐근했을 뿐이었다. 눈물이 나오지
않은 것은 정말 고마운 일이었다. 모든 사람이 손가락질을 하고
곧 죽을 것만 같았는데 어느 누구도 손가락질하지 않았고 세상은
아무 일 없다는 듯이 여전히 그대로 돌아가고 있었다. 아쉬운 것
은 침대를 살펴 흔적을 확인하지 않은 것이었다. 국희는 이틀을
꼬박 앓고 자리를 툭툭 털고 일어났다. 은수가 찾아오지 않았다
면 하루쯤 더 누워 있었을지도 몰랐다. 그후에 고향 오빠가 사귀
자고 몇 번 찾아왔지만 국희는 냉정하게 돌려보냈다.

삐쳤니?

은수가 물었다. 은수는 고마운 친구였지만 말을 너무 함부로
하는 버릇이 있었다.

아니. 하지만 나, 순결한 척 꾸민 적 없어.

삐치진 않았지만 속은 상했다. 정혜가 고개를 들어 잠시 두 사
람을 번갈아 쳐다보았다. 문득 방금 보았던 그림의 잘린 머리카
락이 뇌리에 떠올랐다.

미안해. 내가 쏠게. 나가자, 시원한 맥주로 왕창 쏜다.

은수가 코맹맹이 소리로 국희를 달랬다.

좋아.

국회가 가방을 들고 일어섰다.

정혜 너는?

은수가 정혜한테 물었다.

나는 됐어. 니들끼리 가.

수업도 없잖아?

아니 책 읽을래.

아우 씨. 잘난 척, 잘난 척. 알았어! 낼 만나.

응, 낼 만나.

정혜를 두고 은수와 국희는 학교 앞의 호프집으로 갔다. 은수는 허벅지가 보일 정도로 짧은 치마에다 부츠를 신었고, 국희는 배꼽 바지에다 몽당한 티셔츠를 걸쳤다. 두 사람 모두 배꼽이 보이기는 마찬가지였다. 은수는 밀러를, 국희는 엑스필을 주문했다. 투명한 병에 담긴 밀러는 오줌처럼 보여 싫었다. 게다가 맛도 큼큼했다. 녹색 병에 담긴 엑스필이 국희의 입맛에 딱 맞았다. 뒷맛도 개운했고.

일단 수입이 짭짤하니까. 눈 딱 감고 나가자, 응? 그리고 아저씨들이라고 무조건 고리타분한 것도 아니야. 멤버십 클럽이라 수준 높은 사람들만 와. 외국 손님들도 많고.

맥주를 각자 세 병씩 마셨을 때 은수가 또 조르기 시작했다. '한번 나가봐?' 은수가 하도 조르니까 마음이 조금 흔들렸다. '뭐 어때? 몸 파는 것도 아닌데. 이차는 절대 안 나가면 되는 거지. 이차를 안 나가도 팁이 많을까? 그런 걸 물어볼 수도 없고. 남자들이 괜히 팁을 듬뿍 주는 건 아닐 텐데. 혹시 또 모르지. 근사한 외국 사람이라도 있으면.' 생각이 꼬리에 꼬리를 물고 이어졌다. 솔직히 지갑이 텅 비어 있었다. 신용카드 연체액도 만만치 않았고, 사흘 안에 연체를 해결하지 않으면 신용불량자가 되고 그러면 현금 서비스를 이용한 돌려막기도 불가능해질 것이다. 돈이 없으면 주눅이 들고 괜히 초라하다는 생각이 들었다. 까르띠에 핸드백, 에스카다 선글라스, 베르사체 티셔츠, 프라다 바지, 아르마니 구두 등등의 명품도 갖고 싶었다. 가짜라고 해도 명품을 들고 다니며 기죽지 않고 학교를 다니고 싶었다. 심지어 명품은 가짜도 비쌌다. 물론 안 그러는 애들이 훨씬 많았지만 좀 있어 보인다 싶은 애들은 모두 명품으로 치장하고 다녔다. 여자들만 다니는 대학이라 특히 심한 것 같았다.

한 번만! 한 번 나가보고 난 뒤에 결정하면 되잖아. 이게 아니다 싶으면 당장 관두고. 이건 직업이 아니고 그냥 알바야 알바.

자잘한 소품 하나까지 명품만 지니고 다니는 은수를 그렇게까지 심하게 부러워한 것은 아니었다. 그런데 다른 애들이 명품만 지니고 다니는 것을 보게 되면 은근히 스스로를 돌아보게 되었다. 문제는 언제나 돈이었다. 어떤 애들은 난자를 판다고 하는데, 인터넷 채팅으로 만나 한 번 섹스하고 명품 하나를 받는 애들도 있다고 하는데…… 몸을 팔지만 않는다면 아르바이트니까 그렇게 나쁜 것만은 아닌 듯도 싶었다.

좋아. 대신에 내가 싫으면 당장 그만둘 거야. 손님이 마음에 들지 않아도 당장에 나올 거고.

결정했니?

은수가 박수를 쳐댔다.

손님이 마음에 안 들면 당장 그만두고 나온다는 내 말 들었어?

국희는 마지막 자존심만큼은 지키고 싶었다. 이건 엄포가 아니었다. 아무리 돈도 좋지만 억지 춘향은 싫었다.

알았어, 알았어. 우리 머리하러 가자.

머리는 왜?

투자야. 이 머리로는 손님 옆에 못 앉아.

은수가 벌떡 일어섰다. 국희는 그렇게까지 서두르고 싶은 마음이 아니었다. 아무리 거금이라고는 하지만 호들갑을 떠는 건 자존심이 허락하지 않았다.

그래도 머리까지 하는 건 싫어.

국희는 은수의 손을 뿌리쳤다. 업소에 나가는 아가씨들 머리 모양을 생각하니 소름이 돋았다.

왜?

은수가 물었다.

무조건 싫어.

국희는 그걸로 자존심을 지킨다고 생각했다. 그런데 어쩐 일인지 머리카락을 자른 자화상이 또 떠올랐다.

그게 벌써 재작년이었다. 머리를 만져보았다. 길었던 머리카락이 잘려나가고 여기저기 들쑥날쑥한 머리카락이 까칠하게 만져졌다. 아무리 떠올려봐도 머리를 잘랐던 기억은 완벽하게 사라지고 남아 있질 않았다. 무슨 일이 있었던 것일까?

"뭐 해?"

언제 왔는지 정혜가 앞에 서 있었다. 정혜의 얼굴은 땀으로 범벅이었다. 정혜는 머리에 쓴 수건을 풀어 얼굴을 적시고 있는 땀을 닦아냈다.

"으응, 그냥. 이런저런 생각."

재작년에 정혜가 보던 화집의 주인공처럼 머리카락을 자른 몰골을 보고 정혜는 무슨 생각을 했을까?

"생각에 얼마나 깊이 빠졌는지 업어가도 모르겠다."

"내가 그랬어?"

"응."

정혜는 짧게 대답하곤 국희 옆에 앉았다. 국희는 주머니에서 담배를 꺼냈다. 담배를 입에 물고 불을 붙이려다 말고 그만두었다. 임신 사실을 알았을 때, 자신도 모르게 보름 정도 담배를 끊은 적이 있었다. 끊겠다는 의도가 있었던 것은 아니었는데 뱃속에 아이가 있다고 생각하니 도무지 담배를 피울 수가 없었다. 아무리 담배가 피우고 싶어도 끝내 참아낸 것이 지금 생각해도 놀라웠다. 아이를 낳겠다는 생각은 꿈도 꾸지 않았는데도 저절로 아이의 건강을 생각해 담배를 멀리한 것은 물론이고 간접흡연도 피했다.

"저 꽃, 이름이 뭔지 아니?"

정혜가 하얀 꽃을 가리키며 물었다. 국희는 고개를 저었다.

"개망초야. 쑥밭, 쑥대밭, 쑥대머리라는 말 들어봤지?"

"응."

"개망초가 우리나라에 들어오기 전에는, 큰불이 나서 숲이 사라지거나 그냥 묵혀둔 밭에 맨 먼저 자라기 시작하는 것이 쑥이었어. 그래서 쑥밭이 되었다는 것은 완전히 망했다는 뜻도 되는 거야."

정혜의 말을 들으며 개망초꽃 무리를 쳐다보았다. 바람에 살랑살랑 움직이는 게 예뻐 보였다.

"그래서?"

국희는 '내 마음이 쑥대밭이고, 내 머리가 쑥대머리란다, 정혜야'라고 생각하며 물었다.

"그런데 요새는 쑥보다 먼저 개망초가 자라기 시작해. 삼 년 정도 그냥 두면 개망초가 아주 무성하게 피어나. 온통 개망초밭으로 변하는 거야. 근데 웃기는 것은 온통 개망초 천지가 되면, 저희들끼리 서로를 미워하고 증오해. 아니 증오하는 정도를 넘어 뿌리에서 호르몬을 분비해 서로를 죽이기 시작해."

정혜의 말은 놀라웠다. 꽃들이 서로를 죽이다니, 믿기지 않았다.

"무섭다."

국희는 끔찍해서 파르르 몸을 떨었다.

"무서운 꽃이야, 개망초는. 삽시간에 서로를 죽여버리거든. 그렇게 동족상잔의 비극을 통해 개망초가 사라지면, 그뒤에 비로소 쑥이 뿌리를 내리고 쑥밭을 만들어. 쑥밭이 되어도 틈은 있기 마련이고, 그 틈에서 억새가 자라. 저기 봐. 저게 억새야. 아아, 으악새 슬피 우니 가을인가요, 라는 노래 있지? 그 으악새가 바로 억새야. 억새가 무성해지면 쑥은 점점 사라지게 돼. 햇빛을 받을 수 없으니까 그럴 수밖에, 쑥은 양지식물이니까. 그런데 억새 아래에 소나무가 연약한 뿌리를 내리는 것도 바로 그즈음이야. 소나무들이 보기 좋게 자라면 억새는 땅을 내주고 사라지지. 물론 몇 포기는 남겠지만 사라진다고 봐야 해. 소나무는 햇빛을 받고 무럭무럭 자라고, 그 아래 음지에선 전나무 같은 음지나무들이 또 뿌리를 내리고 자라기 시작해. 세월이 오래 흘러가면 전나무는 소나무보다 훨씬 높이 성장해. 결국 전나무가 소나무보다 높이 자라면, 양지나무인 소나무는 빛을 받지 못해 서서히 사라지게 되고. 소나무가 사라진 자리에 또다시 뿌리를 내리는 게 있는데 참나무 종류들이야. 참나무 중에서도 신갈나무 같은 나무가 숲을 이루면 전나무도 견뎌내질 못해. 키는 삼십 미터쯤이고 줄기의 직경은 한 아름이나 되는 신갈나무숲이 바로 숲의 마지막 단계야. 그 숲에 다시 천둥 번개가 치고 큰불이 나면 모든 게 사라지지. 모든 게 사라진 자리에 또다시 개망초가 피기 시작하고."

정혜가 천천히 말했지만 국회로서는 처음 듣는 말이라 어려웠다.

"나, 흥하지?"

그때까지 왜 머리를 잘랐는지, 무슨 일이 있었는지 한마디도 묻지 않은 정혜의 속마음이 국희는 궁금했다.

"뭐가?"

정혜가 되물었다.

"엉망이잖아. 얼굴도, 머리카락도……"

국희는 머리카락을 만지며 쓰게 웃었다. 정혜는 고개를 들어 국희의 머리를 한참 동안 쳐다보았다. 정혜의 마음이 절로 아파 왔다.

"무슨 일이 있겠거니 짐작했지 물어볼 엄두가 안 났어."

국희의 머리를 만지며 정혜는 대답했다.

"그래도 너는 여전히 예뻐."

정혜의 말에 이상스러울 만치 굴욕감이 느껴졌다. 국희는 정혜의 손을 툭 쳐서 머리에서 치웠다. 아무것도 묻지 않은 것은 정말 잘했지만 예쁘다는 말은 정말 모욕적인 말이었다.

"너는 어때?"

국희가 물었다.

"나?"

정혜가 손가락으로 자신의 젖가슴을 가리켰다.

"너 말고 여기에, 누가 또 있니?"

"나, 나는……"

막상 대답을 하려니, 정혜는 입이 꽉 막혔다. 정혜는 자신의 상태에 알맞은 말을 쉽게 찾아내질 못하고 개망초꽃만 쳐다보았다.

"작년에 수석하고 장학금도 탔으면서, 뭐가 부족했어? 졸업하면 유학가서 디자이너가 되겠다던 꿈은? 아무리 생각해봐도 널 이해하지 못하겠더라. 갑자기 농사를 짓겠다니, 믿을 수가 없었어. 집안이 망했어? 연애에 실패했어? 나처럼……"

순간, 국희는 '아이를 뗐어?'라는 다음 말을 꿀꺽 삼켰다. 정말이지 마지막 자존심만큼은 지키고 싶었다.

"귀농학교 졸업하고 농장에 남았는데, 무지 힘들어. 하루에도 열두 번씩 때려치우고 싶은 마음이 굴뚝이야."

"그거 말고, 왜 실상사로 왔냐고? 잘나가던 애가, 왜?"

"나도 몰라. 작년 여름방학 때 우연히 들렀는데 마음 한구석에 남았었나봐. 정말 모르겠어. 무슨 대단한 결심을 하고 온 것도 아니고……"

정혜는 입을 닫아버렸다. 긴 침묵이 이어졌다. 국희는 잘린 머리카락 틈으로 개망초가 쑥쑥 자라고 있다는 생각을 했다. 두 달째 생리가 없어서 약국에 가서 기구를 사다가 임신 테스트를 해보았다. 양성반응을 나타내는 + 표시가 분홍색으로 바뀌었다. 아무런 변화가 없어야 했는데, 임신이었다. 어이가 없었고 맥이 탁 풀렸다. 아이의 아버지가 누군지는 중요하지 않았다. 아이는 형벌이라고 국희는 생각했다. 어디론가 멀리 떠나버리고 싶었다. 불나비처럼 도시의 불빛을 따라 방황하는 것도 이젠 지겨웠다. 홀쩍 여행을 떠나 며칠 쉬었다가 돌아와 모든 것을 다시 시작하면 좋으련만…… 게다가 자신도 모르게 담배를 멀리하고 있는 것을 느끼자 정말 끔찍해졌다. 몸 안의 어디에 그런 모성이 숨겨져 있었는지 정말 모를 일이었다. 임신 사실을 알게 되자 국희는 방 안에 콕 박혀 밖으로 나가질 않았다. 학교도 싫었다. 느닷없이 신 것이 먹고 싶은가 하면, 자정이 넘은 시간에 순대가 먹고 싶어서 미칠 것 같은 순간도 경험했다. 생각했던 것과 달리 입덧은 전혀 없었고, 모든 음식이 입에 착착 달라붙었다. 순식간에 살이 통통하게 올랐다. 국희는 보름 동안 방에서 나오지 않다가 마침내 문을 열고 밖으로 나왔다. 그때 휴대폰이 울렸다. 눈에 익은 번호였다. 받을까 말까 하다가 그냥 받았다. 피할 이유가 전혀 없었다. 남자는 학교에서 만나자고 했다.

임국희씨 들어오세요!

환자복으로 갈아입고 대기실에서 기다리고 있던 국희는 느릿하게 발걸음을 옮겼다. 간호사가 한심하다는 표정으로 국희를 쳐다보았다. 산부인과에서 대우받는 사람은 결혼한 여자들뿐이었다. 결혼한 여자들은 출산을 하든 낙태를 하든 당당했다. 의사들이나 간호사들도 결혼한 여자들한테는 친절하게 대했다. 그러나 처녀들한테는 노골적으로 무시하는 눈길을 보내는 사람들도 있었다. 아랫배가 찢어질 듯 아팠다. 수술 두 시간 전에 자궁에 마취제와 함께 생명을 죽이는 약을 투입했었다. 국희는 수술대 위로 올라가 누웠다. 간호사가 국희의 다리와 손을 철컥 묶어버렸다. 입술을 깨물었다. 팔다리를 묶인 개구리처럼 누워 국희는 수술실 천장에 달려 있는 다섯 개의 할로겐전구를 바라보았다. 눈이 부

셨다. 녹색 수술복을 입고 투명한 고무장갑을 낀 여의사가 들어
왔다.

　오…… 하느님!

　눈물이 볼을 타고 흘렀다. 수술이 끝나자 국희는 회복실로 가
서 누웠다. 두 개의 침대가 썰렁하게 놓여 있는 회복실은 지저분
했다. 마취가 풀리면서 아랫배를 면도칼로 도려내는 듯한 통증이
몰려왔다. 마취가 풀리니 지독하게 아팠다. 날카로운 칼로 자궁
속을 사각사각 긁어내는 느낌이었다. 국희는 통증에 지쳐 혼절했
다. 몇 번의 혼절을 되풀이하는 동안 옆 침대에 비슷한 또래의 여
자가 신음하고 있었다. 여자 옆에는 바지 뒷주머니에 휴대폰을
꽂고 있는 남자가 서 있었다. 여자는 배를 움켜쥐고 신음하면서
도 가끔씩 남자를 보고 웃었다. 국희는 서둘러 옷을 갈아입고 병
원을 나왔다. 병원을 나오니 어두웠다. 도시의 밤거리는 온갖 간
판들로 휘황찬란했다. 국희는 뒤를 돌아보았다. 모성애 산부인
과. 파란 바탕에 흰 글씨의 간판이 어둠 속에서 창백한 빛을 뿜어
내고 있었다. 원룸으로 돌아온 국희는 고통에 몸부림치며 밤을
지새웠다. 고통을 잊기 위해 냉장고에 있던 맥주를 몽땅 마셔버
렸다. 가끔씩 정신을 잃었다가 깨어나기를 반복했다. 술에 취해
비틀거리며 화장실에 갔다가 아랫배가 찢어지는 고통에 소리를
지르기도 했다. 그러다 거울에 비친 자신의 모습이 싫어 가위를
찾았다. 창문이 훤하게 밝아오자 문득 정혜가 그리워졌다. 원룸
에서 기다시피 나온 국희는 택시를 잡았다.

실상사로 가주세요.

그러곤 기억이 사라졌다.

3

숲의 둥지로 새들이 돌아오고 있었다.

귀소 시간이 되자 숲은 황혼으로 물들어갔다. 국희가 먼저 몸
을 일으켰다. 아랫배가 찢어질 듯 아파왔고 몸도 으슬으슬 떨리
기 시작했다. 배도 고팠다.

"가자."

국희가 말했다. 따뜻한 곳에 그냥 누워 있고만 싶었다.

"그래."

정혜가 일어서서 엉덩이를 툭툭 털었다. 국희는 말없이 정혜의
뒤를 따랐다. 머릿속이 자꾸만 복잡해졌다. 지나간 일들이 꼬리
에 꼬리를 물고 떠올랐다가 가뭇없이 사라졌다. 아르바이트를 나
가면서 몸에 걸치는 모든 것이 명품으로 바뀌었다. 은수는 학교
에 애인이 있으면서도 클럽에서 만난 손님을 따로 만났다. 유부
남이었다. 국희도 은수와 함께 그 남자를 몇 번 만난 적이 있었다.
또래의 남학생들과 달리 매너가 좋았고, 수준 높은 유머로 사람
을 편하게 만드는 재주가 있었다. 숲을 흔들며 바람이 불어왔다.
바람이 불어오자 은회색 잎을 반짝이며 몸을 흔드는 나무들이 여

기저기 보였다. 우듬지도 은회색이었는데 늘씬하게 쭉 뻗어올라
간 자태가 아주 매혹적이었다.

"저 나무 이름이 뭐야?"

정혜한테 물었다.

"어떤 나무?"

정혜가 되물었다.

"저 나무."

국희가 은회색 줄기를 가진 나무를 손가락으로 가리켰다.

"응, 은사시나무."

은사시나무…… 국희는 은사시나무로 가서 등을 붙이고 섰다.
정혜도 국희처럼 바로 옆의 은사시나무에 등을 기댔다. 백양나무
에 등을 기대고 서서 폭염이 쏟아지고 있는 백양로 위를 물끄러
미 바라보고 있는데 눈에 익은 그 남자의 자동차가 교문 쪽에서
불쑥 나타났다. 너무 반가워 자동차를 보고 눈을 흘겼다. 자동차
는 갑자기 속도를 줄이며 끼이익 멈췄다. 국희야, 누군가가 이름
을 불렀고 돌아보니 은수가 손을 흔들며 걸어오는 게 보였다. 국
희는 손을 흔들었다. 그때 조수석 문이 벌컥 열렸다. 바람이 불어
백양나무 잎이 흔들렸던가, 햇살에 눈이 부셨던가, 성큼성큼 다
가오는 낯선 여자를 무심하게 바라보았던가? 토막난 도마뱀의
꼬리처럼 기억은 저 혼자 꿈틀거렸다.

"다음 생에는 나무로 태어나고 싶어. 욕심이 너무 큰가?"

정혜가 나직하게 말했다.

"너라면 가능하겠지. 나라면 아마도 지옥에 떨어질 거고."

국희는 진심을 담아 말했다.

"후후, 글쎄. 나는 나무를 볼 때마다 나무들이 참 부러워."

"왜?"

"사람이나 동물처럼 쉽게 뿌리를 옮기지 않으니까. 더구나 죄를 짓지도 않고."

죄…… 흠칫 자궁이 떨렸다. 쓰레기통에 버려졌을 핏덩어리가 떠올랐다. 대학엘 들어와서 은수를 만나 욕망을 배웠다. 아니었다. 은수는 핑계에 불과했다. 다른 여학생들한테 뒤지고 싶지 않았다. 적어도 그들만큼은 입고 쓰고 싶었다. 조수석에서 튕기듯이 내린 여자가 성큼성큼 걸어왔다. 그 남자의 아내라는 것을 직감했다. 은수가 걸음을 멈췄다. 다행이라고 생각한 순간, 억센 손아귀가 국희의 머리채를 휘어잡았다.

이런 더럽고 미친년! 개쌍년! 어디서 감히 꼬리를 치고 다녀!

여자는 국희의 머리채를 휘어잡고 뺨을 찰싹찰싹 때렸다.

아줌마, 내가 아니에요.

학생년이 어디서 유부남을? 교수한테로 가자, 이년!

여자가 머리채를 잡고 국희를 끌어당기자 지나가던 학생들이 구름처럼 몰려들었다. 학생들 틈에 은수의 얼굴이 보였다. 국희는 은수를 향해 손을 내뻗었다.

은수야!

은수의 이름을 소리쳐 부르자, 은수는 뒤로 빠져버렸다. 하늘이 깜깜했다.

내가 아니라니까요?!

아무리 아니라고 해도 여자는 막무가내였다. 그 남자는 은수의 남자였다. 여자는 기어이 국회를 산업디자인과 사무실까지 끌고 갔다.

교수놈 나오라고 그래!

여자가 고래고래 소리를 지르자 조교가 학과장을 데리고 왔다. 여자는 국회를 과사무실 바닥에 내팽개치면서 울부짖었다. 여자는 학과장한테 한바탕 욕설을 퍼붓고는 바람처럼 가버렸다. 젊은 학과장도 '허허' 하고는 그냥 나가버렸다. 폭풍이 지나간 자리엔 폐허만 남았다. 국회는 폐허 속에 버려졌다. 은수는 끝내 나타나질 않았다. 국회는 과사무실에서 나오자마자 눈여겨봐두었던 모성애 산부인과로 갔었다.

"나무는 아무리 깊은 상처를 입어도 묵묵히 견딜 뿐 함부로 엄살 따윈 부리지 않아. 난 그게 좋더라. 생명을 잃은 상태에서도 나무는 나무로 남아 미생물의 먹이가 되고, 으음 또 흙이 되어 소멸할 때까지 스스로를 자랑하지도 않고. 아낌없이 모든 것을 주고 미련 없이 자연의 일부가 되는 나무를 보고 있으면 세상 만물 중에서 최고라는 생각이 들어. 존재의 형식을 함부로 바꾸지 않고 언제나 자신의 모습 그대로 최후까지 상처를 견디는 나무의 힘. 인간으로서는 결코 가질 수 없는 절대의 그 힘이 정말 부러워."

정혜, 얘는 무슨 말을 하고 싶은 것일까? 지울 수 없는 상처라도 받았던 것일까?

"정혜야."

"응."

"나는, 정혜 니가 싫어."

정혜가 천천히 국희를 쳐다보았다.

"방금처럼 말하는 것이 정말 싫어. 이유는 묻지 마. 그냥 싫은 거니까. 아니다. 굳이 이유를 말하라면, 지금의 나는…… 무거운 말을 견뎌내기가 싫어. 가벼워지고 싶어. 차라리 말없이 있어줄래?"

국희는 은사시나무에서 등을 뗐다.

"……미안해. 너한테 한 말이 아니고, 나한테 하는 말이었는데."

정혜가 몹시 미안해했다. 배가 쓰라리고 아팠다. 문득 몸을 잘 추슬러야 한다는 생각이 들었다. 정혜가 먼저 실상사를 향해 걸음을 옮겼다.

"배고파. 여기는 미역국 파는 데 없니? 그게 먹고 싶네."

미역국을 한 냄비 가득 끓여놓고 식은 밥이라도 좋으니 한 그릇 가득 말아서 신 김치와 함께 우걱우걱 먹고 싶었다.

"글쎄, 공양간에 미역이 있겠지. 스님들도 미역국 가끔 드시니까. 근데 쇠고기가 없는데?"

정혜의 말에 국희는 고개를 끄덕였다. 쇠고기가 듬뿍 들어간 미역국이라면 더욱 좋겠지만 절에서 쇠고기를 찾는 것은 말도 안 되는 일이었다. 국희도 그 정도는 알고 있었다. 멸치를 넣어도 되는데 그것도 육식이라면 육식이니, 불가에선 금기였다. 그래도 국희는 쇠고기를 넣은 미역국을 먹고 싶었다. 정혜가 쇠고기를 입에 올리지 않았다면 그냥 미역국으로 만족할 수 있었을 테지만, 쇠고기가 둥둥 뜬 미역국의 모습이 뇌리에 깊이 박힌 뒤였다.

"쇠고기가 듬뿍 들어간 미역국으로 먹고 싶은데?"

안 되는 줄 알면서 어리광을 부리는 마음으로 물었다. 정혜는 빙그레 웃었다. 언제나 이유를 묻지 않고 빙그레 웃는 것으로 표현을 대신하는 정혜가 고마웠다.

"으음……"

정혜가 얼른 대답을 하지 않았다. 무리한 부탁을 했다고 국희는 생각했다.

"안 되겠지?"

국희가 또 물었다. 쇠고기 미역국 한 그릇만 먹으면 몸이 가뿐할 것만 같은데, 아쉬웠다. 정혜는 무언가를 곰돌하게 생각하며 오솔길을 밟았다.

"까짓 거 끓이면 되는 거지 뭐."

정혜가 흔쾌하게 대답했다. 국희의 얼굴이 꽃처럼 활짝 펴졌다.

"정말 그래도 되는 거야?"

국희가 신이 나서 활기찬 목소리로 물었다.

"절 밖에 한생명 사무실이 있잖아. 해탈교 건너면 바로 옆에 있으니까 거기 가서 끓여줄게."

정혜의 말이 끝나자 국희는 그녀의 볼에다 기습적으로 뽀뽀를 했다. 정혜가 눈을 홀기며 빙그레 웃었다.

"끓여줘, 먹고 싶어."

"그래 얼른 내려가자."

김이 모락모락 올라오는 미역국을 생각하니 입에서 군침이 돌았다. 오솔길은 실상사를 향해 뻗어 있었고, 오솔길을 거슬러 저녁 종소리가 올라오고 있었다. 종소리는 국회의 몸을 휘감고돌더니 자궁 속으로 밀려들어왔다. 정혜가 국회의 손을 잡았다.

가을 실상사

『가는 길인데, 실상사에 들러서 갈래?』

내 목소리가 갈라지고 있었다.

침묵하며 앉아 있는 현우를 가슴에 안았다.

현우를 안고 해탈교를 성큼성큼 건넜다.

추수가 끝난 빈 들판으로 까마귀 두어 마리가 날아들고 있었다.

담장을 타고 사바세계로 넘어온 목탁 소리가 빈 들판과 낙엽이 쌓인 산기슭과

서리 맞은 감나무를 휘감고 돌았다.

1

"언제 갈래?"

현관에 들어서서 신발을 벗기도 전에 어머니가 앞을 막았다. 어떤 벽 하나가 앞을 막고 있는 느낌에 숨이 컥 막혔다. 도로 나가고 싶었지만, 상대는 어머니였다.

"어쩌자고요?"

볼멘소리가 먼저 튀어나갔다. 신발을 벗고 거실로 들어서는데 지옥으로 들어서는 느낌이었다.

"그걸 몰라서 묻냐?"

어머니의 말을 무시하고 작은 방의 문을 열었다. 현우는 송곳 하나 꽂을 틈이 없을 정도로 촛불을 빽빽하게 켜놓고 그 가운데에 가부좌를 틀고 앉아 있었다. 그제 큰무당을 불러 굿판을 벌였어도 현우는 여전히 달마였다.

"이놈! 어느 쪽에서 왔느냐?"

현우가 달마 흉내를 내며 엄하게 물었다. 일 주일째 수염도 깎지 않고 머리도 감지 않아 봉두난발로 앉아 있는 현우를 보고 있자니 속이 확 뒤집어졌다.

"이노오옴! 어느 쪽에서 왔느냐고 묻지 않느냐?"

어이가 없었다. 미친개한테는 몽둥이가 약이라고 했는데 실컷 두들겨팼으면 속이 시원하겠다 싶었다. 문을 세차게 닫고 거실로 나왔다.

"실상사로 가자."

발뒤꿈치를 밟으며 어머니가 말했다.

"제발 어머니도 정신 좀 차리세요. 실상사는 무슨? 정신병원에 입원시켜야 한다니까요?!"

둘째아들이 미쳤다는 사실을 애써 인정하지 않으려는 어머니가 미워 나는 버럭 소리를 질렀다.

"그건 절대로 안 된다, 절대로!"

머리를 절레절레 흔들다가 어머니는 한숨과 눈물로 거실을 가득 채웠다. 소파 옆에는 걸레가 바삭하게 말라비틀어져 있었고, 개수통에는 설거짓거리가 산더미처럼 쌓여 있었다. 나한테 이런 일이 오리라고는 상상조차 해본 적이 없었다.

"후우—"

한숨이 저절로 터졌다. 소파에 털썩 앉은 나는 주머니에서 담배를 꺼냈다. 각고의 노력 끝에 간신히 끊은 담배를 여섯 달 만에 다시 피우게 되었다. 어머니가 슬쩍슬쩍 눈치를 보며 다가왔다.

"어떻게 할래?"

맞은편에 앉으며 어머니가 물었다.

"……"

나는 시선을 돌렸다. 이젠 어머니의 얼굴도 징그러웠다. 일흔 다섯 노인네의 얼굴에 살이 쪽 빠져 있었다. 지난주까지만 해도 하루 종일 잠만 자느라 몸이 퉁퉁 부어 있던 노인네가 이제는 허깨비처럼 보였다.

"저렇게 스님 흉내를 내는데, 내일이라도 실상사로 가자. 혹시 아냐? 도법 스님을 무슨 선생님처럼 모셨으니까 실상사로 가면 확 정신이 들 수도 있는 것이고……"

어머니가 참으로 한심해 보였다. 대답 없이 소파에서 벌떡 일어났다. 안방으로 들어가 문을 쾅 닫는 것으로 내 마음의 상태가 어떤지를 어머니한테 알렸다. 지금은 누가 뭐래도 쉬고 싶었다. 단 오 분이라도 말을 하지도 듣지도 않고, 누구의 간섭도 없이 혼자 있어야 숨통이 트일 것만 같았다. 양복을 입은 채로 침대에 벌렁 드러누웠다. 아내가 없으니 양복을 벗으라는 사람도 없었다. 동생이 발작을 일으키자 아내는 아이들을 데리고 부랴부랴 친정으로 가버렸다.

가만히 눈을 감았다.

시간이 조금 흐르자 천길 낭떠러지 아래로 떨어지는 느낌이 들었다. 지난 사흘 동안 눈을 붙여본 적이 거의 없었다. 스스로 달마 대사가 된 현우는 잠을 자지 않았다. 눈을 붙이지 않은 지가 벌써 일 주일이 넘었다. 게다가 방에 수십 개의 촛불을 켜놓았으니 한시라도 감시를 소홀히 할 수도 없는 노릇이었다. 자칫 잘못하다가 불이라도 난다면, 상상만으로도 끔찍했다. 약국에서 수면제를 사다가 한 움큼씩 먹여도 현우는 말짱했다. 일 주일쯤 잠을 자지 않아도 멀쩡할 수 있다는 현실 앞에서 나는 절망했다. 차라리 교통사고를 당하든지, 그것도 아니면 암에라도 걸리든지…… 하필이면 눈에 보이지도 않는 정신에 몹쓸 병이 찾아오다니.

거실에서 어머니가 고함을 질렀다. 이번에는 또 무슨 일인가? 잠시라도 쉴 틈을 주지 않으니, 이대로 한 사흘쯤 죽은 듯이 자버렸으면 좋으련만. 눈을 감고 버티는데 고함 소리가 거의 비명으로 변했다. 눈을 떴다. 거실로 나가니 현우는 신발을 꿰고 있었고, 어머니는 말리고 있었다.

"이놈아, 어딜 간다고 그래?"

"나락을 베야지, 나락을!"

"이 미친놈아, 나락이 어딨어!?"

어머니는 현우의 등짝을 주먹으로 때렸다.

"추석도 지났는데 나락을 베야지이! 엄마도 함께 가자. 가서 고추라도 따! 서리 맞으면 한 해 농사 망치는 거 알지?"

현우는 아예 어머니의 손목을 그러쥐었다. 달마대사에서 농촌 총각으로 변한 동생을 보니 속에서 열불이 활활 타올랐다. 정수리에서 연기가 올라오는 느낌에 더이상은 참을 수가 없었다. 식탁 의자를 들고 와 현우를 향해 쳐들었다.

"안 된다, 안 돼!"

어머니가 현우를 감싸고 손을 내저었다.

"어머니 맘대로 하세요, 맘대로!"

고함을 지른 뒤 의자를 거실에다 내동댕이쳤다. 나는 현우와 어머니를 밀쳐내고 아파트를 나와버렸다. 단지 안의 어린이 놀이터는 텅 비어 있었다. 그네에 앉아 가로등 불빛을 받고 있는 은행나무를 물끄러미 바라보았다.

바람이 나뭇가지에 잠시 머물렀다가 슬쩍 떠나자 몇몇 은행잎들이 땅 위로 낙하했다. 은행잎은 날개에 상처를 입은 노란 나비처럼 툭툭 떨어져내렸다. 나는 그네에 앉아 몸을 흔들며 어둠 속에 몸을 숨겼다.

'변하는 것도 고통이고, 변하지 않는 것도 고통이지요.'

매화차를 앞에 두고 도법 스님이 말했었다. 그 말의 의미에 대해 당시에는 심각하게 생각하지 않았는데 지금은 피부에 절절하게 와 닿았다.

지난 봄, 산수유꽃이 한창일 때 나는 구조 조정의 폭풍 속에서도 살아남아 부장으로 승진한 지 이 년째에 접어들고 있었다. 어느 날 오후, 업무를 보다가 문득, 지금 제일 하고 싶은 일이 무엇인가, 라는 의문이 언 땅을 비집고 올라오는 새싹처럼 마음밭에서 돋아나기 시작했다. 내가 제일 하고 싶은 일, 그 일은 무엇일까? 그때부터 내가 하고 싶은 일이 진정 무엇인가에 대해 생각했고 고민했고 따지고 들었다.

일 년쯤 외국으로 연수를 떠나는 것, 가족과 함께 외국 여행을 한 달쯤 다녀오는 것, 젊은 여자와 마음껏 연애하는 것, 서른세 평 아파트를 오십 평 정도로 늘리는 것, 대표이사가 되는 것, 연봉을 삼억 정도 받는 것, 티베트나 네팔로 나만의 여행을 떠나는 것, 티티카카 호수에 가보는 것, 포르셰와 벤츠를 가지는 것?

부질없는 생각들이 내 머리를 꽉 채웠고 나는 괴로웠다. 금요일 오후에 자동차를 몰고 지리산 마천의 고향집으로 내려갔다. 무엇보다도 내가 누구인지를 먼저 알고 싶었다. '나', 정진우라는 인간, 대기업 부장의 명함을 주머니에 넣고 다니고, 운전면허증과 주민등록증과 몇 장의 신용카드로 존재하는 인간에 대해, 그 인간의 꿈에 대해 서울을 떠나 요모조모 따지고 싶었다.

실덕의 집에 도착하니 남동생과 노모가 반겼다. 남동생은 공부를 싫어해서 중학교만 졸업하고 젊은 날에는 외지로만 떠돌았다. 화물차 조수, 정비공, 봉제공장 재단사, 피아노 공장 목수 등을 전전했다. 아버지가 돌아가시자 고향으로 돌아와 스무 마지기의 다락논과 거의 쓰러져가는 양철지붕집을 맡았다. 덕택에 동생 현우는 농촌 총각이 되어 늙어가고 있었다.

토요일 새벽, 백무동을 통해 천왕봉으로 오르기 시작했다. 가파르고 험한 계곡을 오르면서 끊임없이 내가 하고 싶은 것에 대해 생각했다. 천왕봉에 오르니 이미 일출은 끝난 뒤였다. 그래도 두 팔을 쫙 펼치고 마음껏 소리를 지르는데 뇌리를 스치는 소망 하나가 떠올랐다. 당장 회사를 그만두는 것, 이것이 바로 가장 하고 싶었던 일이라는 확신이 들었다.

변하는 것도 고통이고 변하지 않는 것도 고통이라면, 지금과는 다른, 새로운 삶을 선택하기로 결정하고 신변을 정리하기 시작했다.

사표를 던지고 돌아와 아내한테 통보했다. 아내는 깜짝 놀라 시골의 어머니한테 전화를 걸어 울고불고했다. 아내와 충분히 상의하지 않은 것은 내 불찰이었지만, 그렇게까지 울고불고할 필요는 없었다. 회사를 그만뒀다고 해서 당장 하늘이 두 쪽 나는 것도 아니지 않은가. 아내가 뭐라고 하든 나는 홀가분해서 좋았다.

"어머니가 바꾸래요."

아내가 수화기를 넘겼다.

"저예요. 별일 없으시죠?"

"별일이야 너한테 있지 나한테 있냐?"

"죄송합니다."

"그 동안 수고했다. 한 며칠 푹 쉬거라."

역시 어머니였다. 같은 여자인데도 어머니와 아내는 그렇게 달랐다. 아내는 안방으로 들어가더니 나오질 않았다. 어머니 말대로 며칠이라도 게으르게 푹 쉬고 싶었다. 아내한테 제주도엘 가자고 했더니 애들 학교는 어쩌냐며 반대했다. 애들도 데리고 가자고 아득바득 우겨서 제주도에 다녀왔다.

퇴직금을 받고, 무엇을 할까 고민했다. 식당이나 패스트푸드점도 좋을 듯해서 시장조사를 했더니 입이 딱 벌어졌다. 신촌 연대 앞에 있는 햄버거 체인점은 권리금만 십억이었다. 과천 8단지에 있는 작은 편의점도 권리금이 일억이었다. 정말 '억' 소리가 났다. 최소한 삼억은 가져야 무엇이든 할 수 있다는 현실 앞에서 고민이 깊어졌다. 결국 내가 눈을 돌린 것은 시골에 있는 집과 논이었다.

그때까지 고향의 집과 논을 지킨 사람은 동생 현우와 어머니였다. 현우는 서른아홉의 노총각이었다. 처음 집과 논을 처분하자고 말을 꺼내자 현우는 불같이 화를 내며 반대했다. 어머니는 회사를 그만두고 새로운 일을 찾고 있는 줄 알고 있었기에 이러지도 저러지도 못하고 안절부절못했다.

"땅은 정직해. 땀 흘린 만큼 줘."

"그 무슨 귀신 씨나락 까먹는 소리냐? 정직해서 여태 결혼도 못 하고, 땀 흘린 만큼 받아서 빚만 늘었냐? 너도 털고 서울로 가자."

현우와의 다툼은 어머니가 내 손을 드는 바람에 싱겁게 끝이 났다. 실덕에 있던 양철지붕집은 삼천만원에 내놓았지만 팔리지 않았고, 마애석불 아래에 있는 다락논 스무 마지기는 모두 합쳐 칠천만원을 조금 넘게 받고 처분했다. 나는 그 돈을 합쳐 엉뚱하게도 보석 세공공장을 차렸다. 현우는 농촌 총각에서 졸지에 공장장이 되었고, 나는 부장에서 대표이사로 명함을 바꾸었다. 공장장은 기술이 없어도 직원들만 잘 다스리면 얼마든지 능력을 발휘할 수 있는 보직이었다.

가을이 깊어서 그런지 바람이 제법 쌀쌀했다. 어깨가 시려 움츠리고 있다가 아파트로 들어간 나는 딱 벌어진 입을 다물 수가 없었다. 거실 바닥 가득 흙이 채워져 있었고, 현우는 화분의 꽃들이며 나무를 나락으로 착각하고 낫으로 베는 시늉을 하고 있었다. 어머니는 옆에서 일을 거들며 현우를 달래고 있었다.

"이런 미친 새끼가 다 있나?"

참고 참았던 화가 폭발했다. 신발도 벗지 않고 뛰어들어 빈 화분으로 현우의 머리를 찍어버렸다. 비명을 지른 것은 현우가 아니라 어머니였다. 현우의 머리가 깨져 피가 흥건했다.

"세상에 이게 무슨 짓이냐, 이게?"

"차라리 죽어, 너 같은 놈은 죽는 게 나아!"

수건으로 깨진 현우의 머리를 감싸고 있는 어머니까지 싫어졌다. 다시 아파트를 나왔다. 자동차에 올라 시동을 걸었는데, 막상 갈 곳이 마땅치 않았다. 처갓집으로 가자니 아내가 미웠고, 여관으로 가자니 참담했다. 어디로 갈까? 우선 나가보자. 어떻게 되겠지. 일단 자동차를 몰고 아파트 단지를 나왔다. 자신도 모르게 공장을 향하여 운전을 하고 있는 것을 발견하고는 쓴웃음을 지었다.

사실은 공장이랄 것도 없었다. 가리봉동 오거리에서 우회전을 하면 디지털 1단지가 나오는데, 단지도 아닌 대로변에 붙어 있는 허름한 빌딩의 이층이 바로 공장이었다. 자동차를 주차하고 곧장 공장으로 들어가려다 소주라도 한잔 걸쳐야 잠이 올 것 같아 포장마차를 찾아 구로시장 쪽으로 걸어갔다. 그러다 문득 포장마차에 혼자 앉아 소주를 마시는 것도 그다지 좋은 풍경은 아니라는 생각이 들었다. 걷다가 룸살롱 간판이 보이자 그냥 들어갔다.

마담한테 이차가 되는 아가씨를 들여보내달라고 부탁하고 발렌타인을 주문했다. 나는 고독했고, 순간을 견디기가 힘에 겨웠다. 술을 퍼부었고 악을 쓰며 노래했고 격렬하게 춤을 추었다. 술판이 끝나자 웨이터한테도 팁을 듬뿍 주었다. 파트너였던 아가씨를 데리고 룸살롱 바로 위에 있는 모텔로 올라갔다.

무언가를 한꺼번에 쏟아놓고 싶었는데…… 마음대로 몸이 따라주지 않았다. 아가씨는 시늉으로만 나를 받아들였다. 잔뜩 독이 올라 아가씨의 몸을 사납게 유린했다. 아가씨는 아프다며 짜증냈고 신경질을 부리며 징징거렸다. 그러다 어느 순간, 사정했다. 나는 아가씨의 몸 위에 가만히 엎드렸다. 허망했다. 아가씨가 나를 밀어냈다. 뒷물을 하고 돌아온 아가씨는 미련 없이 옷을 입었다. 나는 담배를 피우며 침대에 누워 서둘러 떠날 채비를 차리는 여자의 뒷모습을 바라보았다. 같이 있고 싶었는데, 돈을 더 주고라도 함께 있으면 안 될까?

"저어, 아가씨."

"왜요?"

아가씨의 목소리에 가시가 박혀 있다.

"됐어요."

손을 내저었다. 아가씨가 떠나고 혼자 남겨지자 카운터에 전화를 해서 맥주 다섯 병을 더 주문했다. 아줌마가 맥주를 가지고 오자 병나발을 불었다. 순식간에 한 병을 비웠고, 두 병째는 침대로 가지고 갔다. 침대에 벌렁 누워 맥주를 마시며 웃다가 울었다. 휴대폰이 울렸다. 액정판에 집 전화번호가 찍혀 있었다. 지겨워! 휴대폰을 던져버렸다. 그러다 잠이 들었다.

어딜까?

언젠가 한 번 와본 듯한 느낌의 길이 산속으로 뻗어 있었다. 길옆의 손바닥만한 밭에는 노란 장다리꽃이 한창이었다. 꿩이 푸드덕 날아올랐다. 흰 소 한 마리가 느릿느릿 산길을 걷고 있었다. 흰 소를 따라갔다. 손만 뻗으면 잡힐 듯한 가까운 거리였지만 나는 흰 소를 잡을 수가 없었다. 흰 소를 타고 집으로 돌아가야 한다는 생각에 자꾸만 마음이 바빠졌다. 고삐를 잡았다고 생각하는 순간, 흰 소는 숲속으로 들어가버렸다. 나는 소를 찾아 칡덩굴만 무성한 숲속을 헤매고 다녔다. 햇살은 눈부셨고, 돌아보니 내가 왔던 길도 흰 소가 갔던 길도 사라지고 없었다. 순간 공포가 꾸역꾸역 밀려들었다. 갑자기 뒤통수가 가려웠다. 돌아보니 아무것도 없었다. 길도 없는 길 위에서 뜀박질을 시작했다. 와글와글 시끄러운 소리. 돌아보면 아무것도 없고, 귀신이 따라온다는 느낌이 들었다. 소리를 질러야 하는데, 엄마를 불러야 하는데 아무리 애를 써도 목구멍에선 한마디의 말도 나오질 않았다. 정신을 차리고 주변을 둘러보니 어느새 집이었다. 마당으로 뛰어들었는데 검푸른 옷을 입은 저승사자들이 쇠스랑을 들고 따라오고 있었다.

재빨리 마당에서 뒹굴고 있는 낫을 집어들었다. 외양간 옆에 숨어 있다가 저승사자의 목을 잘랐다. 분명히 목을 잘랐는데 그저 허공에다 낫질을 하는 허망한 기분. 잘려진 귀신의 머리가 히히히히, 낄낄낄낄 웃으며 허공 위에서 대보름의 가오리연처럼 떠다녔다. 저승사자는 현우였다. 현우는 나를 잡아먹을 듯이 벌건 혀를 길게 내밀고 머리 위에서 빙글빙글 맴돌았다. 도망을 가야 하는데 발이 떨어지질 않았다. 그러다 현우의 머리를 향해 낫질을 해버렸다. 현우의 머리가 뎅겅 잘려 마당에 툭 떨어졌다. 나는 안심하고 현우의 머리를 쳐다봤다. 아악ㅡ! 현우의 머리에 달린 얼굴은 바로 내 얼굴이었다. 부리나케 손으로 얼굴을 만져보았다. 얼굴이 없었다. 이건 꿈이야. 꿈에서 깨어나야 해. 현우야 제발 살려줘, 현우야ㅡ!

악몽에 시달리다가 깼다. 너무 생생해서 방금 겪었던 일처럼 느껴졌다. 두 손으로 얼굴을 감쌌다. 손바닥에 땀이 흥건하게 묻어났다. 냉장고에서 물을 꺼내 벌컥벌컥 마셨다. 찬물이 들어가자 조금 시원했다. 여기가 어딜까? 둘러보니 낯선 여관이었고 침대는 병에서 흘러나온 맥주에 젖어 있었다. 담배를 찾아 입에 물었다. 막 한 모금을 빠는데 휴대폰이 요란하게 울렸다. 깜짝 놀라 전화를 받으니 어머니였다.

"현우가 없어졌다, 현우가!"

2

시멘트로 볼품없게 버무려 만든 다리, 해탈교가 내 앞에 놓여 있다.

다리 아래에는 강물이 졸졸졸 흐르고 있다.

이 다리를 건너가면 실상사고, 건너오면 사바세계다.

다리를 앞에 두고 한없이 머뭇거렸다.

눈을 들어 해탈교 건너편을 보니, 실상사가 가을의 풍경 속에 고요하게 담겨 있다.

일이 이 지경으로 되고 보니, 도법 스님을 만나볼 염치가 없다. 이 다리를 건넌다고 해도 스님은 피해야겠다는 생각이 들었다. 혹시 모르니 실상사에도 반드시 들렀다 오라는 어머니의 엄명이 떠올라 해탈교에 발을 올려놓았다.

현우가 집에서 사라진 지 사흘째, 어머니의 하소연에 등을 떠밀려 지리산까지 왔다. 실덕에 갔더니 옛집은 서서히 폐허로 변하고 있는 중이었다. 마당엔 개망초꽃이 하얗게 피어 있었다. 고샅길에서 동네 어른을 만나 인사를 하면서도 현우에 대해선 묻지 않았다. 만약 현우가 왔다면 어른들이 먼저 언질을 줬을 터였다.

해탈교를 건넜지만 곧장 천왕문을 향해 걸어갈 자신이 없었다. 오른쪽 강둑으로 눈길을 돌렸더니 솟대와 목장승이 서 있는 게 보였다. 솟대 끝에는 나무로 만든 새가 파란 하늘 속에 앉아 있었다. 솟대 옆에 나란히 서 있는 목장승을 스윽 둘러보다가 나는 무언가에 뒤통수를 세차게 얻어맞은 기분에 사로잡혔다.

천하똥장군.

서늘한 기운이 등골을 타고 흘렀다. 다리가 휘청했고 머리가 어지러웠다. 어릴 때 밖에서 똥을 싸고 들어오면 혼이 났던 기억이 났다. 아이들과 놀다가도 소식이 온다 싶으면 냅다 집을 향해 뛰었다. 현우도 똥을 소중하게 여겼다. 반드시 재나 겨로 덮어 보관했다. 천하똥장군과 생태뒷간, 실상사는 똥을 귀하고 소중하게 대접하고 있었다.

"아니 이게 나락 한 톨보다 더 소중하단 말이야?"

현우가 일 캐럿짜리 다이아몬드를 들고 어이없다는 표정을 지었다.

"끽해야 돌덩어리 아냐 이거? 인간들이란 참!"

그러더니 실수를 가장하여 다이아몬드를 바닥에 떨어뜨렸다. 직원들 모두가 나서서 돋보기를 들고 바닥을 기며 샅샅이 뒤진 뒤에야 다이아몬드를 찾았다.

"똥보다 못한 것을 좋다고 난리들이야, 쯧쯧."

현우는 그 모양을 보고 빙글빙글 웃고 있었다.

그때 조짐이 있다는 것을 알았어야 했었다. 하지만 나는 현우의 성질이 더러워서 그러는 줄로만 알았다. 배우지 못한데다 성질까지 더러우니 오죽하랴 싶었다. 그 알량한 논을 팔지 않았더라면, 공장장으로 데리고 오지도 않았을 터였다.

"아우, 뼈끈해. 감옥살이가 따로 없구만 이거. 형 혼자 해. 나는 지리산으로 도로 내려갈래."

울며 겨자 먹기로 공장장의 보직을 준 줄도 모르고 현우는 내 속을 팍팍 긁었다.

천왕문으로 가는 작은 길에는 코스모스가 한창이었다. 주변의 논에서는 수확을 하느라 사람들이 모여 와자지껄 떠들고 있었다. 땀을 삘삘 흘리며 일하는 사람들의 표정은 내 상상과는 달리 참으로 맑았고 밝았다. 어쩌면 내가 모르는 비밀이 저들에게는 있는지도 모르는 일이었다. 하지만 그 비밀이 특별히 궁금하진 않았다. 나야 어차피 농사를 지을 사람이 아니니까.

산수유 열매가 붉게 익고 있었다.

옛 해우소와 천왕문 바로 앞의 연못 사이에 다소곳이 숨어 있는 산수유나무 아래로 갔다. 지난 봄에는 노란 꽃이 흐드러졌었는데, 꽃이 진 자리마다 붉은 열매가 주렁주렁 매달려 남국의 햇살을 받고 있었다. 산수유나무 아래서 실상사를 둘러보았다.

남쪽을 향해 몸을 돌리면, 지리산 천왕봉이 우뚝 서서 준엄한 자태를 보이고 있다. 시선을 북쪽으로 돌리면 동탑과 서탑, 보광전, 칠성각, 약사전, 명부전 그리고 여러 갈래로 구부러진 소나무가 늘 그대로의 모습으로 세월을 견디고 있다. 눈길을 서쪽으로 옮기면 중묵 스님의 방, 그 앞의 감나무, 객사, 화엄학림, 주지인 도법 스님의 처소와 다방(茶房), 그 위로 연꽃이 있는 연못과 극락전이 바람 속에 고요히 놓여 있다. 다시 몸을 동쪽으로 돌리면 종루와 공주박물관에서 발굴을 하겠다고 뒤집어놓은 옛터가 있고 그 위로 낙엽이 떨어져 쌓이고 있다.

보광전에는 '지리산 천도제 육백 일째 기도 입재' 라고 적힌 현수막이 걸려 있었다. 도법 스님은 지리산 좌우대립 희생영가를 위한 천일기도를 하고 있는 중이었다. 그 기도가 벌써 육백 일이 되었다는 뜻인데, 나와는 아무런 상관도 없는 일이었다. 아니다. 당숙은 토벌대였고 큰외삼촌은 빨치산이었다. 두 사람 모두 지리산 어디쯤에서 백골이 되었으니 아무런 상관이 없지는 않았다. 하지만 지금 그들의 명복을 비는 것은 내 문제가 아니었다.

도법 스님이 생태뒷간 앞 채마밭에 엎드려 일을 하고 있었다. 스님을 만날 면목이 내겐 없었다. 스님을 피해 객사 주변을 살폈다. 현우가 실상사에 있을 것이라고 생각한 것은 결코 아니었다. 달마대사의 흉내를 내고, 석가모니 흉내를 내긴 했지만 현우는 그저 미친놈에 불과했다.

3

서울로 돌아왔다.

결혼시즌이라 공장은 바쁘게 돌아갔다. 납품일을 맞추기 위해 직원들은 철야를 예사로 했지만 나는 집에서 어머니와 함께 현우의 소식을 기다려야 했다. 자정이 넘었어도 변사체가 발견되었다는 연락이 오면 즉시 달려가곤 했었다. 한번은 잠수부들이 한강에서 한꺼번에 세 구의 시체를 찾았으니 와서 확인하라는 경찰서의 연락을 받고 새벽 네시에 집을 나선 적도 있었다.

어쩌면 현우가 영영 돌아오지 않기를 내심 바라고 있었는지도 몰랐다. 어머니가 함께 가자고 나를 부를 때마다 짜증이 먼저 솟구쳤다. 행려병자들이 송장으로 누워 있는 병원 영안실에서 신원을 확인한 것은 내가 아니라 언제나 어머니였다.

현우가 집을 나간 지 일 주일이 지난 월요일 오후, 엉뚱하게도 동부시립정신병원에서 연락이 왔다. 남가좌동에 있는 시립병원으로 어머니를 모시고 달려갔다. 현우를 면회하기 전에 담당의사를 먼저 만났다. 담당의사는 서른 중반쯤으로 보이는 지독한 근시의 남자였다.

"지난 화요일에 행려병동으로 들어왔는데, 자기 신상에 대해 전혀 기억을 못 하더라구요. 일단 중병동에 입원시키고 약물치료를 했는데, 오늘 아침 이름과 전화번호를 기억해냈어요. 그래서 연락했습니다."

"나무아미타불 관세음보살."

의사의 말이 떨어지기가 무섭게 어머니가 혼자 중얼거렸다. 나는 창피하고 부끄러워 쥐구멍이라도 있으면 들어가고 싶었다.

"어떻게 하시겠습니까? 제가 보기엔 입원치료가 불가피한데……"

"걔는 정신병자가 아닌데, 데리고 가야지요."

내 눈치를 슬쩍 본 뒤에 어머니가 말했다. 나는 말없이 유리창 밖의 풍경을 물끄러미 바라보았다. 플라타너스의 넓은 잎이 바람에 흔들렸고 몇몇은 떨어져내렸다.

"글쎄요, 제가 보기엔…… 아무래도……"

말을 끝낸 뒤에 담당 의사가 차트를 넘기며 고개를 흔들었다.

"어떻게 하면 좋겠습니까?"

내가 나서지 않을 수 없었다. 무슨 이유인지는 모르지만 어머니는 정신병원이라면 펄쩍펄쩍 뛰었다.

"일단은 일반병동을 옮기고 경과를 보는 게 좋지 않겠습니까?"

담당 의사가 내게 물었다.

"그렇게 해주세요."

나는 단호한 어투로 담당 의사의 말에 동의했다.

"야야, 이런 데 있으면 정말로 미친놈이 된다던데?"

어머니가 거의 울상으로 내게 말했다. 눈물이 그렁그렁한 어머니의 눈에서 창 밖으로 시선을 돌렸다.

"정현우 환자가 입원할 일반병동은 정신병동이 아니예요, 할머니. 거긴 주로 알코올중독자들이 있는데 지낼 만해요. 정현우 환자는 정신분열증이 아니라 조울증이에요."

나는 의사의 말을 한 귀로 듣고 한 귀로 흘리며 창 밖의 풍경에서 시선을 떼지 않았다. 플라타너스 옆의 아름드리 은행나무는 온통 노란색으로 덮여 있었다. 그 아래 약간 퇴락한 나무의자가 있고, 거기에 빨간 스웨터를 입은 소녀가 앉아 책을 읽고 있다면 참 아름다운 풍경이 될 거라는 생각이 들었다.

"정말로 미친 것은 아니지요?"

어머니가 물었다.

"정신분열증이 아니라 조울증이라니까요."

조울증? 무얼까? 무엇이기에 사람을 이토록 힘들게 하는 걸까? 분열증이든 조울증이든 나와는 아무런 상관도 없는 병이었으면 좋겠다는 생각이 뇌리를 스치고 지나갔다.

"조울증? 그게 뭡니까, 선생님?"

어머니가 안타까운 표정으로 다시 물었다. 어머니의 안타까운 심정에 대해 솔직히 잘 이해가 되질 않았다. 나는 현우가 없어도 얼마든지 잘 살 수 있는 사람이었다. 그러나 그 동안 어머니는 현우가 없으면 하루라도 살지 못하겠다는 태도를 보여주었다.

"조울증은 조증과 울증이 반복적으로 나타나는 정신병의 일종인데, 조증일 때는 본인이 세상의 주인공입니다. 이를테면 본인 스스로 왕으로 착각하기도 하지요."

나는 고개를 끄덕였다. 달마대사도 되었다가 석가모니도 되었다가 단군왕검도 되지 않았던가.

"울증일 때는 반대의 증세가 나타납니다. 세상으로부터 버림받았다고 느끼는 거지요. 그래서 행려병자나 노숙자로 떠돌기도 하고, 자살의 충동이나 파괴의 충동을 강하게 느끼기도 하지요. 그래도 꾸준히 약물치료를 하면, 반복의 횟수와 기간을 완화시킬 수 있습니다."

담당 의사의 말은 문외한인 내가 봐도 정확했다. 담당 의사한테 믿음이 갔다. 담당 의사가 서류를 꾸몄다.

"여기 서명하십시오."

담당 의사가 입원서약서를 내밀었다. 내용을 읽어보지도 않고 맨 아래 서명란에 정진우라는 세 글자를 꾹꾹 눌러썼다.

"면회하셔야지요?"

담당 의사가 묻고 나는 고개를 끄덕였다.

일반병동과 면회실은 언덕 위에 있었다. 나는 휘청거리는 어머니를 모시고 언덕으로 올라갔다.

담배 한 개비를 거의 다 피워갈 즈음에 남자 간호사가 나와 면회실로 들어오라고 했다. 면회실에 들어가니 쇠창살로 가운데가 막혀 있었다. 나무아미타불, 관세음보살…… 어머니가 중얼거렸다. 잠시 후 현우가 철조망 저쪽에서 남자 간호사와 함께 나타났다. 한눈에 봐도 멍해 보였다.

"아이구 이놈아."

눈물바람과 함께 어머니가 현우한테 달려갔다. 어머니는 쇠창살 사이로 손을 뻗어 현우를 잡으려고 버둥거렸다. 콧등이 찡했지만 입술을 꼭 깨물고 참았다.

"현우야, 나야, 알아보겠냐? 에미야 에미!"

"히히, 어어어엄마. 서서서성아도 와와와왔네."

환자복을 입은 현우가 바보처럼 헤헤 웃으며 혀 꼬부라진 소리를 냈다. 그제야 비로소 현우가 저 안에 있는 것이 얼마나 다행인가 싶은 마음이 들었다. 시립병원이라 입원비가 싸니까 완치될

때까지 여기에 두고 싶었다.

"밥은 먹었냐?"

"히히, 바바밥 머머먹었어. 다다다담배 줘."

현우는 심하게 말을 더듬었고, 행동은 굼떴다. 나는 주머니에서 피우던 담배를 꺼내 쇠창살 사이로 넣었다. 현우가 헤헤 웃으며 담배를 받아 꼭 쥐었다.

"토토토통다다닭 하고 소소소주 머머머먹."

"알았어 사다 줄게."

"지금은 안 되구요. 월요일과 목요일에 정기 면회가 있으니까 그때 가지고 오세요. 그때는 면회실 밖에서 면회를 하거든요."

남자 간호사가 얼른 규칙을 말했다.

"자, 오늘은 이만큼만 하시구요. 목요일 오전에 오세요. 되도록이면 점심시간에 맞춰 오시는 게 좋습니다."

나는 뒤로 한 발 물러섰지만 어머니는 쇠창살 사이로 손을 넣어 어떻게 해서든 현우를 만지고 싶어했다. 그러나 남자 간호사는 매정하게도 현우를 데리고 나가버렸다. 어머니는 쇠창살을 붙잡고 오래오래 울었다. 나는 그 모습이 보기 싫어 먼저 나와버렸다. 운도 더럽게 없지, 매출도 오르고 사업도 자리를 잡아가는 중요한 시점에 저 모양이 되다니, 현우가 미웠다.

수요일 저녁, 어머니는 군대 간 아들 면회 가듯이 음식을 준비했다. 목요일의 면회는 병동 밖의 플라타너스 아래서 돗자리를 깔고 진행되었다. 현우는 월요일에 봤던 것보다 훨씬 더 안정되어 있었다. 행동은 여전히 굼떴지만 말도 제법 조리 있게 했고 음식도 맛있게 먹었다. 오랜만에 어머니가 환하게 웃는 모습을 볼 수 있었다.

"제발 퇴원시켜줘! 여기 있다간 정말로 미쳐버릴 것 같애."

정확히 일 주일이 지난 월요일 면회 때 현우가 눈물을 뚝뚝 흘리며 애원했다. 내 마음이 바람 속의 마른 가지처럼 흔들렸다. 면회 직전 의사와 상담할 때, 많이 좋아졌다는 말이 떠올랐다.

"이제 그만 퇴원시키자."

어머니도 거들고 나섰다. 가족들과 면회를 하고 있는 알코올중독자들의 굼뜬 행동을 보며 마음을 정리했다.

"딱 일 주일만 더 있어볼래?"

아무래도 지금은 불안했다. 지금 현우를 데리고 집으로 가면 지난 목요일에 돌아온 아내가 다시 보따리를 싸겠다고 나설 터였다. 아내의 성격으로 봐서 그것은 불을 보듯 뻔한 일이었다. 게다가 공장도 바쁘게 돌아가고 있었다. 만일 현우가 집에 있게 된다면 내 발목이 잡힐지도 몰랐다. 현우가 병원에 있는 지난 일 주일 동안은, 어머니한테는 죄송하지만 정말 행복했었다. 모든 게 정상으로 돌아가고 있다는 안도감에 깊은 잠을 잘 수 있었다.

"싫어."

현우가 도리질을 했다.

"잠깐만 있어. 의사 선생님 좀 만나고 올게."

아무래도 의사의 소견 없이 단독으로 결정할 일이 아닌 듯했다. 나는 언덕을 내려와 담당 의사를 만났다.

"글쎄요. 지금은 조증과 울증의 중간 단계에 환자가 서 있긴 한데…… 약을 제때에 정확히 먹지 않으면 조증으로 갈지 울증으로 갈지, 그건 저도 확신 못 합니다. 문제는 망상인데, 그게 나타나면 걷잡을 수가 없어요."

"망상이요?"

"이를테면 옛날에 텔레비전 뉴스 시간에 뛰어들어와 내 귀에 도청장치가 있다고 말한 사람 있잖아요?"

"예, 있었죠."

"그 사람한테 나타난 그런 현상이 바로 망상이에요. 조증이든 울증이든 망상만 없다면 집에서도 치료가 가능한데. 차트를 보니 지난 일 주일간 망상이 있었던 것은 아니고…… 정 본인이 원한다면 퇴원해서 가까운 병원으로 통원치료를 다니시든지."

통원치료가 가능하다는 담당 의사의 소견과 현우의 눈물이 겹쳐졌다. 나는 현우의 퇴원수속을 밟았다.

어머니와 현우는 뛸 듯이 기뻐했지만, 막상 아파트로 들어가니 걱정했던 대로 아내가 가방을 쌌다. 간곡하게 말렸지만 소용없었다. 만일의 경우에 대비해 애들을 지켜야 한다는 아내의 명분에 손을 들었다. 일 주일 동안 어떤 증세도 나타내지 않고 현재의 상태를 유지한다면 곧장 들어오겠다는 단서를 남겨놓고 아내는 다시 친정으로 갔다.

아내가 나가자 어머니는 오히려 홀가분한 표정을 지었다. 아무리 그래도 피가 섞이지 않았으니 저런다는 말도 서슴지 않았다. 그건 어머니의 말이 옳았다. 시집간 누나와 누이는 발작중인 현우의 곁에서 밤을 꼬박 새우기도 했었다. 누나와 누이는 지금도 하루에 몇 차례씩 전화를 걸어 현우의 상태를 확인했고 어머니를 위로했다.

"오늘 가볍게 소주 한잔 하자. 퇴원 기념으로."

"좋지."

내가 소주와 삼겹살을 사오자 현우는 함박웃음을 지었고 어머니는 이마를 찡그렸다. 현우의 주량은 소주 세 병이 넘었지만 나는 한 병만 사왔다. 혹시 하는 마음에 냉장고에 있던 맥주도 치워버렸다.

오랜 가뭄에 쩍쩍 갈라진 논바닥으로 물 들어가듯이 소주 한 병이 사라졌다. 입맛을 쩝쩝 다시는 현우를 달래 약을 먹였다. 술기운과 약기운을 이기지 못해 연신 하품을 하더니 자겠다며 작은방으로 들어갔고, 나는 텔레비전을 더 보다가 안방으로 들어갔다. 침대에 누워 현우의 문제에 대해 요모조모를 따지고 재보았다.

아무래도 짝을 지어주는 게 최선일 것 같다는 생각이 들었다. 그러다가 고개를 흔들었다. 그건 안 될 말이었다. 현우가 완치되었다는 확신이 서지 않는 이상, 장가를 보낼 수는 없었다. 그것은 파렴치한 범죄행위였다. 그런 생각을 하다보니 아내한테 미안했다. 처갓집으로 전화를 걸어 아내한테 안부를 전한 뒤에 눈을 감았다. 마음이 편하니 쉽게 잠이 들었다.

꿈도 없이 깊은 잠을 자고 일어나니 몸도 마음도 개운했다. 가볍게 맨손체조를 하며 안방 문을 열었다. 문을 열고 나가는 순간, 거실 가득 촛불의 바다가 출렁거리고 있는 게 보였다. 무언가가 내 속에서 빠져나가는 느낌이 들었고 이어서 다리가 후들후들 떨리기 시작했다. 현우는 촛불의 바다 한가운데에 가부좌를 틀고 앉아 지그시 눈을 감고 있었다.

"어쩌냐 이 일을?"

어머니의 눈가는 눈물로 짓물러져 있었다. 나는 어머니의 손을 잡아 꼭 쥐었다. 화도 나질 않았다.

"깨우지 그랬어요?"

"그냥 편히 자라고······"

어머니가 말끝을 얼버무리곤 돌아서서 소매를 길게 빼어 눈물을 찍어냈다.

"한숨도 안 주무셨지요?"

내 물음에 어머니는 고개를 가로저었다. 한숨도 안 잤지만 괜찮다는 표시였다. 하지만 충혈된 눈을 보니 마음이 아팠다. 밤새 얼마나 힘이 드셨을까?

"눈 좀 붙이세요. 제가 있을게요."

"너 아침 먹고 출근해야지."

"출근은 무슨, 좀 주무시라니까."

나는 기어이 어머니를 작은방에 밀어넣었다. 방문을 닫고, 벽에 몸을 기댄 채 현우를 쳐다보았다. 참 불쌍했다. 주방으로 가서 커피물을 레인지에 올려놓았다. 식탁 의자에 앉아 출렁거리는 촛불의 바다와 그 가운데 홀로 떠 있는 현우를 오래오래 응시했다.

4

"실상사로 갑시다."

이틀 동안 한숨도 눈을 붙이지 않는 현우를 지키고 있다가 마침내 서울을 떠나기로 결심했다.

"잘 생각했다."

어머니가 내 어깨를 두드렸다.

"현우가 실상사를 워낙 좋아했으니까…… 가봐야 스님들한테 폐만 끼치지 좋아지기야 하겠냐? 그냥 슬쩍 둘러보고 실덕엘 가자는 거지. 실덕에 가면 내가 데꼬 있을란다. 너야 사업을 해야지."

"그건 나중에 따져볼 일이고, 잠깐 공장엘 다녀올 테니까 그 동안 속옷이라도 좀 싸두세요."

"니가 고생이다, 니가."

공장엘 가서 내가 자리를 비운 사이에 처리해야 할 업무를 부공장장한테 인계하고 정신없이 아파트로 돌아왔다.

"갑시다."

나는 신발도 벗지 않고 현관에 서서 어머니를 불렀다. 현우가 먼저 소파에서 벌떡 일어섰다. 수염도 깎고 옷도 갈아입은 현우

를 보니 그사이에 치렀을 어머니의 고생이 눈에 선했다. 어머니
가 옷가방을 들고 와 무척 미안해하며 내 손에 쥐여주었다. 막상
실상사로, 고향으로 현우를 데리고 간다고 생각하니 내 마음도
조금은 편안해졌다.

어머니는 현우의 손을 잡고, 나는 옷가방을 들고 엘리베이터를
타고 아파트를 나왔다. 자동차로 가서 시동을 걸고 현우와 어머
니가 타기를 기다렸다. 그런데 앞 유리창으로 보니 현우와 어머
니가 실랑이를 벌이고 있는 게 보였다. 잠시도 그냥 지나가는 법
이 없다고 툴툴거리며 자동차에서 내렸다.

"왜 또?"

짜증 때문에 약간 목소리가 높아졌다.

"글쎄 걸어간댄다. 이 일을 어쩌냐?"

어머니는 그 자리에 주저앉아 손바닥으로 이마를 감쌌다. 하도
어이가 없어 그냥 헛웃음만 나왔다. 여기서 지리산까지, 빨리 걸
어도 보름이고 천천히 걸으면 최소 두 보름은 걸릴 텐데…… 정
말이지 미친놈한테는 몽둥이가 딱 제격이었다.

"현우 너, 지리산 가는 길은 알고 있냐?"

가슴 깊은 곳에서 스멀스멀 올라오는 노여움을 간신히 억누르
며 차분하게 물었다. 현우가 천천히 고개를 주억거렸다.

"얼마나 먼지는 알아?"

"응, 알아. 그래도…… 걸어갈래."

하, 하, 헛웃음을 토해낸 뒤에 담배를 꺼냈다. 현우는 제자리에

서 굼뜬 걸음으로 뱅글뱅글 돌았다. 담배 연기를 뿜어내는데 경비가 나와 현우를 물끄러미 쳐다보다가 들어갔고, 다른 주민들도 현우를 보곤 고개를 갸웃하며 지나갔다. 창피하고 부끄러워 어서 빨리 주차장에서 떠나고 싶은 마음이 간절했다. 나는 담배꽁초를 버린 뒤 현우의 멱살을 움켜쥐고 자동차로 끌고 가 우격다짐으로 밀어넣었다.

"너는너는 타고타고, 나는나는 걷고걷고."

간신히 시내를 빠져나와 고속도로를 달릴 때까지 현우는 이 말을 하염없이 반복했다. 울화가 치밀어 뒷골이 뻑적지근했다. 나는 카메라에 찍히든 말든 과속으로 운전했고, 체증이 있으면 곡예운전을 했으며 갓길로 달리는 것도 서슴지 않았다. 나는 고향집 처마 끝의 거미줄에 걸린 배추흰나비처럼 파닥거렸다. 하지만 파닥거리면 파닥거릴수록 눈에 잘 보이지도 않는 거미줄은 배추흰나비의 날개를 더욱 조여왔다.

"아아아아악—!"

천안을 지나자 현우는 악다구니를 내지르기 시작했다. 배추흰나비가 거미줄에 완전히 묶여 숨통이 끊어지면, 거미는 천천히 배추흰나비의 몸을 뜯어먹곤 했었다. 나는 현우가 내 몸을 뜯어먹는 거미처럼 느껴졌다. 어머니는 현우의 입을 막으려고 애를 썼고, 나는 앞만 보고 달리고 달렸다.

"아이쿠, 이놈아!"

짧은 비명 소리에 백미러를 움직여 뒤를 살피니 현우가 어머니를 거칠게 밀어내고 있었다. 이대로 팔 톤 트럭의 뒤를 들이받아 산산이 부서지고 싶었다. 단숨에, 최후의 진저리도 없이, 깨끗하게, 명줄을 놓아버리고 싶은 유혹이 점점 강해지고 있었다. 가속 페달을 최대한 밟다가 운전대를 돌리기만 하면 지긋지긋한 이 순간이 깔끔하게 정리될 텐데……

"야, 이 미친놈아!"

어머니의 절규와 함께 쏴아아, 하며 바람 소리가 왈칵 쏟아져 들어왔다. 현우가 뒷문을 열고 다리 한 쪽을 내놓고 있는 중이었다. 옆 차선으로 달리던 자동차들이 빵빵거리며 다급하게 경적을 울렸고, 급작스럽게 차선을 변경하느라 브레이크를 밟아대는 소리가 요란했다. 우리 때문에 다른 사람이 다칠 수도 있다는 생각에 갓길로 빠져 브레이크를 있는 힘껏 밟았다. 끼이이익, 기분 나쁜 소리와 함께 타이어가 타들어갔다. 간신히 자동차를 세우자 현우는 튕겨나가듯이 곧장 차에서 내렸다.

"너는너는 타고타고, 나는나는 걷고걷고."

허공에다 이 말을 남기며 현우는 종종걸음으로 걷기 시작했다. 어머니는 엉금엉금 기어나와 가드레일을 붙잡고 헛구역질을 해댔다. 비상등을 켜고 시동을 껐다. 차 뒤에는 급정거의 흔적이 길게 뻗어 있었다. 놀란 가슴을 달래기 위해 담배부터 찾았다.

"야야, 저 미친놈 좀 잡아, 얼른!"

어머니가 가쁜 숨을 몰아쉬며 현우를 가리켰다. 담배에 불을 붙이고 천천히 현우를 따라갔다. 뒤뚱거리며, 오래 전에 봤던 영화 〈레인맨〉의 더스틴 호프만이 더욱 바보가 된 것처럼 걸어가는 현우를 뒤에서 따라가며, 이러다 나까지 미치는 건 아닐까 생각했다. 얼핏 불쌍하다는 생각이 들기도 했지만 차라리 죽어버렸으면 하는 마음이 더 강했다. 고속도로가 아닌 일반도로에서 자동차를 향해 뛰어들면 보상금이라도 받지, 하는 생각이 불쑥 떠올랐다. 흠칫 놀랐다.

약간의 자책감을 느끼며 노인네가 걱정되어 뒤를 돌아보니, 가드레일에 등을 기대고 앉아 두 형제를 바라보고 있는 검고 주름진 얼굴이, 하룻밤 사이에 거의 반쪽이 돼버린 얼굴이 망연자실한 표정을 짓고 있었다. 빠른 속도로 트럭이며 버스가 지나갈 때마다 옥수수 수염처럼 축 늘어진 흰 머리카락이 바람에 휘날렸다. 일흔다섯의 나이에 이런 끔끔수를 당하고 있는 노인네가 참으로 가련했다.

입에 물고 있던 꽁초를 던져버리고 현우를 향해 성큼성큼 걸어갔다. 현우는 무어라고 계속 중얼거리며 하염없이 걷고 있었다. 내가 바로 곁에서 보조를 맞추고 있어도 무관심했다. 자동차가 까마득하게 멀어져 되돌아가기에도 쉽지 않겠다는 생각이 들어 현우의 팔을 잡았다.

"놓아라 이놈! 감히 어딜!"

현우가 엄하게 꾸짖으며 내 손을 뿌리쳤다. 피식, 웃음이 새어 나왔다.

"자동차로 가자."

낮게 사정하듯이 애원하듯이 말했다.

"말을 가져오너라, 잘생긴 백마를."

이게 완전히 돌았는가 싶어 겁이 더럭 났다. 잠시 걸음을 멈추고 현우가 걷는 모습을 찬찬히 살폈다. 이젠 중얼거리지는 않아 한결 마음이 놓였지만 속에서 울화가 꾸역꾸역 밀려올라왔다.

"아니다. 흰 소가 낫겠다."

느닷없이 걸음을 멈추더니 엉뚱한 말을 툭 내던졌다.

"아우—! 이 미친놈아!"

나도 모르게 주먹으로 현우의 얼굴을 쳐버렸다. 호된 주먹질에 현우가 비틀거리더니 눈을 동그랗게 뜨고 나를 쳐다보았다.

"너, 내가 누군지 아냐?"

"……정진우."

내 이름을 듣는 순간 배신감에 몸이 치떨렸다.

"차라리 죽어라 죽어!"

나는 악을 썼다.

"정말로 죽어?"

"그래 새끼야! 이 개새끼야."

"정말?"

현우가 정색을 하고 진지하게 되묻자 이번에는 마음 깊은 곳에서 꿈틀거리고 있는 그대로를 정직하게 드러낼 수가 없었다.

"미친 새끼, 까불고 있어."

이 말을 남기고 현우는 남쪽으로 다시 걷기 시작했다. 속이 부글부글 끓어올라 견딜 수가 없어 정말이지 내가 확 돌아버릴 지경이었다. 공기를 깊게 빨아들였다가 길게 내뿜기를 여러 번 반복했다. 이대로는 안 되겠다 싶어 자동차가 있는 곳을 향해 몸을 돌렸다. 거의 뛰다시피 자동차로 돌아온 나는 트렁크를 열고 공구함을 뒤져 청테이프를 꺼냈다. 어머니를 자동차에 태운 뒤 갓길을 달려 현우한테로 갔다.

청테이프로 현우의 발과 손을 묶었고, 입도 봉한 뒤에 뒷좌석에 밀어넣었다. 상처 입은 지렁이나 굼벵이처럼 몸통을 비틀었지만 현우는 문을 열거나 어머니를 공격할 수는 없었다. 나는 속도를 최대한 높여 달리기 시작했다. 대전을 지나 통영으로 가는 새로 개통한 고속도로로 막 접어들자 짐승처럼 울음을 터뜨린 사람은 어머니였다.

"이게 뭔 짓이냐, 이게!"

"그 미친 새끼 하는 꼬라지를 보고서도 그래요?"

나는 분통이 터져 어머니한테 마구 역정을 부렸다.

"애초에 꽁꽁 묶어 병원에 처박았어야 했다구요!"

어머니를 향해 악다구니를 내질렀다.

"내가 보기엔 니놈이 더 미쳤다 이놈아!"

어머니의 말에 억장이 무너지는 느낌이었다.

"차 세워라. 니 동생은 내가 데꼬 갈란다. 니놈이 기어이 사람을 잡지 잡아."

어머니는 무너지는 나를 겨냥해 독화살을 쏘았다. 내 등에 독화살이 꽂히자 눈앞이 캄캄해지면서 아무것도 보이질 않았다. 나는 자동차를 다시 갓길에다 세웠다. 자동차가 서자 어머니는 현우의 몸을 감고 있는 청테이프를 곧장 풀어내기 시작했다.

5

실상사는 늦가을의 풍경 속에 고요히 정좌하고 있었다.

지리산 생명연대의 조립식 사무실 앞에 자동차를 주차했다.

서울에서 여기까지 세 시간 반이면 충분한데, 서울을 떠난 지 열흘이 지나고 있었다.

나는 조수석에 가만히 앉아 있는 현우를……

6

"내리자."

내 목소리가 늪 속에 가라앉아 있는 것처럼 낮고 고적하게 울렸다. 현우는 미동도 하지 않았다.

"가는 길인데, 실상사에 들러서 갈래?"

내 목소리가 갈라지고 있었다. 침묵하며 앉아 있는 현우를 가슴에 안았다. 현우를 안고 해탈교를 성큼성큼 건넜다. 추수가 끝난 빈 들판으로 까마귀 두어 마리가 날아들고 있었다. 하얀 억새들이 쌀쌀한 바람 속에서 저희들끼리 몸을 비비며 서걱서걱 춤을 추었다. 담장을 타고 사바세계로 넘어온 목탁 소리가 빈 들판과 낙엽이 쌓인 산기슭과 서리 맞은 감나무를 휘감고 돌았다.

천왕문 앞에 서서 수미산을 지키는 사천왕들께 먼저 합장했다. 사천왕의 부릅 뜬 눈앞을 그냥 지나칠 용기가 내겐 없었다. 사천왕의 무서운 눈길을 피해 천왕문을 통과하자마자 보광전에 계실 비로자나불을 향해 손을 모았다. 합장할 손이 사라진 현우를 대신하여 한번 더 합장하고 몸을 숙였다.

연못가의 산수유나무는 잎새 하나 없는 메마른 모습으로 회색 구름이 낮게 드리워진 늦가을의 하늘을 배경으로 서 있었다. 봄날의 노란 꽃송이도 여름날의 무성했던 잎새도 가을날의 붉은 열매도 없이, 빈 몸과 빈손으로 서서 바람에 조금씩 흔들리고 있는 산수유나무, 그 고요한 풍경 속으로 현우를 데리고 갔다.

"산수유도 쉬고 있구나. 좀 쉬자…… 잠시 쉬었다 떠나자."

산수유나무 아래 현우를 홀로 두고 나는 절 밖으로 나갔다. 재활용품 분리수거장 옆에서 담배를 피웠다. 담배 연기는 칙칙한 가을 하늘 속으로 가뭇없이 사라졌다. 다시 한 모금 깊이 빨아들였다가 내뿜고, 연기가 사라지는 모습을 눈으로 좇았다. 흔적도 없이 허공 속으로 스며드는 담배 연기…… 연기로 사라지고 끝내는 재만 남는 생, 생의 대부분이 저와 같을까? 문득 담배를 끊어야겠다는 생각이 들었고, 주저없이 담뱃갑을 소각장에다 던졌다.

"가자."

현우를 데리고 보광전으로 들어갔다. 비로자나불 앞에는 빈 방석만 놓여 있었다. 나는 현우를 먼저 앉히고 그 옆 마룻바닥에 앉았다. 비로자나불을 바라볼 엄두가 나질 않아 그저 고개를 푹 숙였다. 가끔씩 아낙네들이 들어와 정성으로 합장하며 신심으로 절을 했다. 어머니는 지금 어떻게 하고 있을까? 함께 오겠다는 것을 기어이 혼자 왔는데…… 현우를 놓아버렸으니, 아마 한꺼번에 늙어가고 있을지도 몰랐다. 죄송하고 미안했다.

오래지 않아 다리가 저렸다. 현우는 털끝 하나 움직이지 않고 앉아 있었다. 사람이 이렇게 변할 수 있다는 게…… 그저 놀라울 따름이었다. 뼈와 살과 마음이 순식간에 사라지고, 어디로 가려고 이런 모습으로 여기까지 온 것일까? 현우가 가고 있는 길은 어떤 모습일까? 가로수가 있는 신작로, 기슭을 에돌아 고개를 넘어가는 구불구불한 산길, 자동차가 달리는 아스팔트, 구름 바다를 아득하게 밑에 두고 뻗어올라간 하늘 길? 도무지 앉아 있기가 어려울 정도로 무릎이 저렸고 아팠고 욱신욱신 쑤셨다. 나는 꾹꾹 참았다. 이 정도도 참지 못한다면, 현우에 대한 예의가 아니었다.

그때, 갓길에다 자동차를 세우자 어머니는 서둘러 현우를 묶은 청테이프를 풀기 시작했다. 나는 얼른 뒷좌석으로 가서 어머니의 손을 잡았다. 청테이프를 풀자마자 터져나올 현우의 발작을 감당할 자신이 내겐 없었다.

"놔라, 이놈아!"

"제발, 정신 좀 차리고, 진정하세요."

"이거 먼저 풀어라."

"정 그렇다면, 입만 풉시다. 손과 발은……"

현우가 고개를 워낙 강하게 젖자 어머니가 한숨을 푹 내쉬었다. 아랫입술을 지그시 깨물고 어머니는 현우를 쳐다보았다. 짧은 침묵이 흘렀고, 어머니가 고개를 끄덕였다.

"그거라도, 어서!"

현우의 입을 막은 청테이프를 떼어냈다. 현우가 푸우— 하며 긴 숨을 몰아쉬었다. 어머니는 면수건으로 현우의 입가에 부글거리고 있는 거품이며 침을 닦아냈다.

"갈보 같은 년! 감히 누구의 몸을 만져! 에잇 퉤!"

느닷없이 현우가 어머니의 얼굴에 침을 뱉었다. 얼굴에 침을 맞은 어머니는 눈을 꾹 감고 가만히 있다가 면수건을 들어올렸다. 눈을 뜨지도 않고 침을 닦은 뒤에 반듯하게 자세를 갖췄다. 입을 꾹 다문 모습에서 방금 전까지와는 완전히 달라진 마음을 읽을 수 있었다. 현우는 어머니를 향해 끊임없이 욕설을 퍼부었다.

"서울로 갑시다."

"……"

어머니는 눈도 깜짝하지 않고 정면만 바라보고 있었다. 나는 지리산으로 가는 것보다는 정신병원으로 가야만 한다고 마음을 굳히고 있었다.

"우선, 입원부터 시킵시다."

"그래라."

가까운 톨게이트로 빠져나갔다가 차를 돌려 서울로 향했다. 천안을 지나자 체증이 시작되었다. 결국 오후에 입원시키는 것은 불가능했다. 아파트로 돌아와 늦은 저녁을 자장면으로 때울 때까지 어머니는 아예 벙어리처럼 입을 꾹 다물고 지냈다. 청테이프를 떼어내자 현우는 활개를 치며 거실에서 작은방으로, 작은방에서 주방으로, 주방에서 화장실로 들락거렸다.

"내일 아침 일찍 입원시킵시다."

"……"

어머니는 침묵으로 대답을 대신했고, 현우는 흠칫 놀라는 표정을 지었다. 그때까지 한자리에 머물러 있지를 못하고 산만하게 움직이던 현우가 일시에 모든 행동을 멈췄다. 소파에 얌전하게 앉아 어머니의 눈치를 요리조리 살폈다. 목덜미가 뻐근했고, 골치가 지끈지끈 아팠다. 소파에 앉아 깜빡깜빡 졸다가 현우한테 수면제를 먹이고 안방으로 들어갔다. 몸은 축축 늘어지는데 좀체 잠이 들질 않았다. 두어 시간을 뒤척이다가 나도 수면제를 먹었다.

쾅쾅쾅!

어머니가 안방 문을 다급하게 두드릴 때까지 나는 깊은 잠에 빠져 있었다. 문 두드리는 소리에 간신히 몸을 일으켰다. 벽시계를 보니 일곱시였다. 잠에 취해 비틀거리며 걸어가 문을 열었다.

"현우가 또 없어졌다."

그 소리에 잠이 확 달아났다. 현우의 방으로 가서 문을 열었다. 구겨진 이불 속에 현우가 누워 있는 것 같아 툭툭 건드렸다. 그러자 이불이 푹 꺼져내렸다. 허깨비를 봤나? 순간, 모골이 송연해졌다.

"어떡하면 좋으냐?"

"나도 방법이 없네요."

솔직하게 대답했다. 어머니가 거실 바닥에 털썩 주저앉았다. 나는 경찰서에 신고하는 것으로 의무를 끝냈다. 소파에 앉아 텔레비전을 켜자 '와하하하' 웃는 소리가 쏟아져나왔다. 시시껄렁한 농담에 방청객들은 자지러졌고, 연예인들의 그저 그런 신변잡기에도 어린 소녀들은 까무러쳤다. 극도의 침묵 속에서 어머니는 전화기에서, 나는 텔레비전에서 눈길을 떼지 않았다.

어머니도 나도 끼니를 때우자는 말도 않고 온종일 꼬박 굶으며 길고 지루한 시간을 견뎠다. 일일연속극이 시작되기 전, 광고가 한창일 때 전화가 왔다. 어머니가 용수철처럼 튕겨 일어나 무선 전화기를 들었다.

"여보세요, 방배동입니다…… 에미다."

어머니가 내게 전화기를 넘겨주었다.

"끊어!"

퉁명스럽게 말하고 통화끝 버튼을 꾹 눌렀다. 그러자 곧장 전화벨이 또 울렸다. 아내가 틀림없다는 생각에 전화를 받지 않았다.

전화벨은 계속 울렸다. 어머니가 내 손에서 전화기를 빼앗았다.

"여보세요…… 예?!"

순간, 올 것이 왔다는 예감에 눈을 감았다.

"용산에 있는 대학병원 영안실……"

어머니의 목소리는 의외로 차분했다. 택시를 타고 대학병원으로 갔다. 영안실로 갔더니 경찰관이 기다리고 있었다. 그와 함께 냉동보관실로 가서 동작대교 아래서 건져올렸다는 사체를 확인했다. 태어나서 사체를 직접 보는 것은 처음이어서 두렵고 떨렸다. 냉동관이 열리는 동안 나는 눈을 감고 있었다.

"확인하시죠."

경찰관의 말에 눈을 떴다. 벌거벗은 사체가 내 앞에 놓여 있었다. 서둘러 얼굴을 먼저 확인했다. 그 순간 엉뚱하게도 산수유 붉은 열매가 툭 떨어지는 장면이 찰나처럼 스쳐 지나갔다.

"으음—!"

새우처럼 잔뜩 몸을 웅크리고 죽어 있는 현우의 얼굴은 그러나 편안해 보였다. 눈물 한 방울도 나오지 않았다.

"검시하겠습니까?"

"됐습니다."

자살을 확인한 경찰관은 검사의 지휘가 떨어질 때까지 매장이나 화장은 불가능하니 기다리라고 말했다. 그 말이 아니었으면 당장 화장을 했을 터였다. 현우의 소식을 기다리면서 나는 이미 장례 절차를 곰곰이 따져두었다. 주변에 알리는 게 오히려 창피하고 부끄러운 일이라 되도록 빨리 그리고 조용히 장례를 끝내고 싶었다.

댕그랑 댕그랑, 보광전 처마 끝에서 허공을 유영하던 물고기가 울었다. 현우가 담긴 상자를 안고 보광전에서 나오니 칠성각이 눈에 띄었다. 칠성각 기와 위에는 마른 잡초가 무성했다. 칠성각을 향해 삼배한 뒤에 돌아서는데 장삼을 걸친 도법 스님과 딱 마주쳤다. 당황한 나는 합장도 잊고 목례부터 했다.

"어서 오시게."

가볍게 인사를 받던 도법 스님의 시선이 가슴에 안고 있는 상자로 옮겨졌다. 도법 스님은 얼른 상자를 향해 합장했다.

"누구신가?"

합장으로 예의를 차린 뒤에 도법 스님이 물었다.

"현우입니다."

"뭐시라? 영가의 주인이 현우라고?"

"예, 그렇게 됐습니다."

"허허, 지리산을 떠나 서울로 가더니만…… 기어이."

"죄송합니다."

"어서 안으로 뫼시게."

도법 스님의 말에는 천왕봉 같은 무게가 담겨 있었다. 도로 보광전으로 들어가 지리산 영령들의 위패 옆에다 현우의 영가를 모셨다. 도법 스님은 즉석에서 현우의 영가를 천도하기 시작했다.

"뜻하지 않게 부처님 전에서 만난 형제 정현우 영가시여.

우리의 한과 고통을 상징하는 민족의 성산이요, 길 잃고 방황하는 자들을 따뜻하게 안아주는 어머니 같은 산인 지리산 품안에 자리잡고 있는 전라북도 남원시 산내면 입석리 실상사 청정도량에 이미 왕림하시었으니 부디 잡다한 인연과 얽히고설킨 업력에 미혹되지 마시고 우선 자리잡고 앉으소서.

영가시여.

지금 이 자리엔 영원한 자유, 영원한 평화, 영원한 법열, 영원한 생명의 나라인 극락세계로 금일의 영가를 맞이하고자 아미타 부처님이 오시어 좌정하고 계십니다. 크신 지혜, 크신 자비, 크신 원력의 부처님 뜻을 받들어 금일의 영가를 보살피고자 관세음보살님, 대세지보살님이 아미타 부처님을 좌우에서 모시고 있습니다.

날이면 날마다 밤낮없이 뼈가 부서지고 생살이 찢기는 지옥 고통 속의 중생을 극락세계로 인도하시는 길 안내자이신 지장보살님도 오셨습니다. 부처님 도량과 정법과 수행승을 호위하는 호법선신들이 일체의 삿되고 잡된 것이 범접하지 못하도록 하고자 위풍당당하게 옹위하고 있습니다.

영가시여.

……

자세를 바로 하시고, 오롯한 한마음 한뜻으로 삼보전에 지심귀명례 하십시오. 맑고 쾌청한 자신의 눈으로 자기 본래 면목을 꿰뚫어보십시오. 이제 반야심경을 독송하리니 잘 듣고 음미하십시

오. 쾌활 자재한 대평화의 세계, 대자유의 삶이 펼쳐질 것입니다.
마하반야바라밀."*

이어서 도법 스님은 반야심경을 독송하였다. 반야심경을 암기
하지 못하는 나는 가만히 눈을 감고 스님의 독송 소리를 들었다.
반야심경이 끝나자 도법 스님은 본래의 천일기도를 시작하였다.
나는 영가를 모시고 보광전에서 나왔다. 도법 스님의 기도가 끝
날 때까지 실상사를 떠날 순 없는 노릇이었다.

나는 보광전 뒤로 가서 옛 대웅전의 주춧돌 위에 영가를 올려놓
고 합장했다. 발굴터에서 나온 깨어진 기왓장을 주워온 뒤에 상자
를 열었다. 상자 속에는 한줌 뼛가루로 남은 현우가 담겨 있었다.
주춧돌을 기단으로 삼고 깨진 기왓장을 놓았다. 그 위에 현우의
뼛가루를 손가락으로 집어 조금 모셨다. 다시 기왓장을 올리고 뼛
가루를 놓으면서 작은 탑을 구층 높이로 쌓아 구층기왓장탑을 완
성했다. 나는 백팔 배를 하는 마음으로 탑돌이를 백팔 번 했다.

"천길 낚싯줄을 바다에 드리웠는데, 모퉁이에 이는 파도 바다
전체의 물결이네, 밤 깊고 물 차가워 낚시 물지 않는지라, 빈 배
가득 달빛만 싣고 돌아가도다. 옛 스님이 남긴 말씀이지. 이승에
서 아무리 떵떵거리고 살아도 빈 배 가득 달빛만 싣고 돌아가는
게 영가들이야. 지리산을 떠나면? 고향을, 수천 년 동안 함께했

---

*도법 스님 천일기도 청혼소(請魂訴) 중에서.

던 땅을 버리고 떠나면? 잘살 줄 알았지만, 천만의 말씀이야. 부모들이 고향에서 정말 뼈빠지게 공부시켜놓으면, 그 자식들은 결코 돌아오지를 않아. 떠나기만 하고 돌아오지를 않는다고……결국 농촌은 늙어버렸어. 팍삭 늙어버렸다고. 갓난아기의 울음소리가 들리질 않아."

녹차 한 잔을 앞에 놓고 도법 스님은 나를 호되게 꾸짖었다. 도법 스님을 만난 이래 처음 있는 일이었다. 나는 고개만 푹 숙이고 앉아 있었다. 계속 이어진 좋은 말들은 귀에 들어오질 않았다. 변하는 것도 고통이고, 변하지 않는 것도 고통이라던 지난 봄에 해준 그 말만이 생생하게 살아나 머리와 가슴을 도리깨질하고 있었다.

다시 현우의 영가를 모시고 실상사를 나왔다. 석양이 붉은 햇살을 억새와 빈 들 위에 곱게 뿌리고 있었다. 서둘러 해탈교를 건너 자동차로 갔다. 마음이 바빴다. 해가 떨어지기 전에 옛집으로 돌아가야만 했다.

시동을 걸고 창문을 활짝 열었다. 마천을 향해 달리기 시작하니 바람이 쏟아져들어왔다. 나는 숨을 크게 들이마셨고, 창문 밖으로 손을 내밀어 바람을 느꼈다. 이 바람은 서울의 바람이 아니라 지리산의 바람이었다. 나는 이 바람이 현우의 영가를 위로하고 어루만지기를 소망했다.

석양이 아직 남아 있을 때, 옛집에 도착했다. 현우의 영가를 안고 사립문을 열었다. 그리고 천천히 걸어다니며 집 안 곳곳을 현우에게 보여주기 시작했다. 겨우 반년이 지났을 뿐인데 구들장은 솟구쳤고, 복(福)자를 새긴 양철 용마루는 마당에 떨어져 녹이 슬고 있었다. 밥그릇과 수저와 냄비들이 여기저기에서 발에 채였다. 더이상은 현우한테 폐허로 변한 옛집의 풍경을 보여줄 면목이 없었다. 간신히 한 바퀴를 돈 다음에 현우가 가장 좋아했던 감나무 아래에 영가를 놓았다. 흙벽이 무너져내린 외양간 앞에 뒹굴고 있던 녹슨 삽을 손에 쥐었다.

감나무 아래에다 현우의 영가를 묻었다.

영원사 쪽에서 낮뻐꾸기가 울었다.

상자와 보자기와 현우의 옷가지를 한데 모아 마당 한가운데에 놓고 불을 붙였다. 나는 마루로 올라가 너울거리는 불꽃을 하염없이 응시했다. 낮에서 밤으로 넘어가는 저녁 무렵이었다. 귀뚜라미가 울었고, 땅거미가 빠르게 몰려들었다. 눈을 감았다.

어린 시절의 마당 풍경이 망막 저편에서 아득하게 떠올랐다. 외양간에는 어미소와 송아지가 방울을 딸랑거리며 한가하게 되새김질을 하고 있었고, 변소 아래층선 똥돼지가 꿀꿀거리며 내 응가를 받아먹느라 바쁘게 돌아다녔다. 마당에선 암탉이 노란 병아리를 거느리고 모이를 쪼았고 병아리들은 삐약삐약 노래하며 어미를 따라다녔다. 마루 아래 댓돌 옆에선 누렁이 도꾸가 게으르게 하품을 하다가 꾸벅꾸벅 졸았다.

내가 마천초등학교를 졸업하고 함양에서 중학교를 다니는 동안, 새마을운동과 함께 맨 먼저 똥돼지가 변소에서 쫓겨났다. 진주에서 고등학교를 다닐 무렵엔 쟁기를 끌던 황소 대신에 경운기가 들어왔다. 대학에 입학하자 황소도 암소도 송아지도 학자금이 되어 이 마당을 떠났다. 대학을 졸업하고 아버지가 돌아가시자 병아리들의 삐약거리는 소리마저도 뚝 그쳤다. 마당에서 하나둘 씩 사라지는 소리와 함께 구름다리, 줄배 나루터, 징검다리도 운명을 함께했다. 자갈과 흙덩이의 하얀 신작로 대신 검은 아스팔트가 실덕을 지나 벽소령 쪽으로 길게 이어지자, 그 도로를 통해 관광객들이 들어왔고, 그 도로를 통해 마을 사람들은 떠났다. 지리산으로 들어오는 도로가 좋아지면 좋아질수록 마을은 텅텅 비어만 갔다. 나도 고향을 떠났고, 여행객처럼 잠깐씩 돌아오는 게 고작이었다.

'딸랑딸랑, 꿀꿀꿀꿀, 삐약삐약, 멍멍컹컹' 이 아련하게 들려왔다. 그 소리 속에서 아버지가 지게를 지고 마당으로 들어서고, 뒤를 따라 어머니가 뽕잎이 담긴 바구니를 머리에 이고 뒤를 따르는 모습이, 떠올랐고 곧 스러졌다.

겨울 실상사

나는 망설이지 않고 너의 심장을 향하여 비수를 찔렀다.

불의의 일격을 당한 너는 피를 분수처럼 내뿜으며 나를 보았다.

하얀 눈 위로 붉은 피가 점점이 뿌려졌다.

너는 몸부림을 치다가 눈 위로 푹 쓰러졌다.

나는 살겠다고 몸부림치는 너를 가만히 들여다보았다.

그러다 말고 흠칫 놀랐다. 너의 눈동자 속에 내가 담겨 있었다.

나는 한 남자를 뒤쫓고 있다.

남자는 천왕문 앞에서 잠시 망설이다가 이내 주머니를 뒤져 담배를 꺼내 물고는 텅 빈 밭을 바라보았다. 바람이 거칠었다. 코트자락으로 라이터를 한껏 감싼 뒤에도 몇 번의 시도 끝에 간신히 담배에 불을 붙인 남자는 몸을 돌려 눈에 덮인 천왕봉을 바라보며 연기를 길게 뿜어냈다. 남자는 어떤 경우에도 나를 느낄 수 없다. 나는 바로 곁에서 바람처럼 존재하며 남자를 속속들이 살피고 있는 중이다. 나는 남자를 '너'라고 부르기로 결심했다. 특별한 이유는 없다. 반드시 이유가 있어야 하는가? 이유가 있어야 한다면 굳이 밝히지 않을 까닭이 없다. 지난 가을, 사무실로 서른 후반의 여자가 나를 찾아왔다.

"이 사람에 대해 좀 알아봐주세요."

여자는 내 앞으로 한 장의 메모지를 내밀었다. '남편이 목하 로

맨스중이군, 증거가 필요하다 이건데' 라고 생각하면서 메모지를 집어들었다.

김성철, 1960년 6월 10일생, (주)해피넷 대표이사, 서울시 강남구 삼성동 798-29 삼성벤처빌딩 914호, 018-204-7077, 566-0144, 신장 175cm, 몸무게 70kg.

내가 의뢰인한테 받은 너에 관한 인적사항은 이것이 전부였다. 의뢰인은 너의 사진 한 장과 인적사항이 적힌 메모지 한 장만을 내밀었을 뿐이었다. 이걸로 사람을 안다는 것은 거의 불가능했다. 하지만 나는 돈이 필요했다. 이미 심부름센터는 망했지만 다른 직업을 찾을 때까지는 어쨌든 살아야 했다.

"무엇에 대해 알아봐야 하나요?"

젊은 아가씨와 함께 모텔로 들어가는 장면에 이어서 침대에서 벌거벗고 뒹굴고 있는 장면을 상상하면서 의뢰인한테 물었다.

"잘 모르겠어요."

"예?"

불륜의 현장을 증거로 제출해달라는 말을 들을 줄 알았던 나는 깜짝 놀랐다. 의뢰인은 유리창으로 고개를 돌렸다. 창 밖엔 노랗게 물든 은행나무가 바람에 흔들리고 있었다. 나도 유리창 밖으로 시선을 던졌다. 그때, 장대 하나가 쑥 올라오더니 은행나무를 사정없이 후려쳤다. 은행이 후드득 떨어졌다. 잠시 후에 의뢰인은 고개를 돌렸고, 책상 위의 사진을 물끄러미 바라보았다.

"이 사람에 대해서…… 그냥 궁금해서요. 더 묻진 마세요."

"알았습니다."

나는 더 묻지 않고 메모지와 사진과 돈봉투를 서랍에 넣었다. 의뢰인이 사무실에서 나가자 나는 그저 피식 웃었다. 그후로 지난 일 년 동안 나는 너를 추적했다. 너의 부인한테는 한 달에 한 번씩 이메일로 너의 일상과 행동에 대해 자세하게 보고했다. 나의 보고에 대해 의뢰인은 아직까지도 특별한 주문을 하지 않고 있다.

그 동안 나는 너의 마음까지 읽어낼 정도로 너에게 집중해왔다. 매달 받는 돈에 대해 의무를 다하는 것이 도리였을 뿐 다른 이유는 없다. 너에 대한 내 독심술은 네가 상상하는 것 이상이었다. 그 방법에 대해 밝히는 것은 중요한 문제가 아니다. 아직 완벽하진 않지만 어쨌든 나는 너에 대해 많은 것을 알게 되었다.

담배를 피우고 있는 너의 등뒤로는 실상사의 풍경이 펼쳐져 있다. 앙상한 나무들이 가느다란 그림자를 드리우고 있는 스산한 풍경의 실상사로 함박눈이 쏟아져내리기 시작했다. 너는 고개를 들어 하늘을 보았다. 너의 얼굴 위로 눈송이들이 떨어져내린다. 너의 얼굴에 내린 눈송이는 쌓이지 못하고 금방 녹아버렸다. 나도 함박눈이 내리고 있는 풍경의 한가운데에 서서 겨울 들판과 그 위의 허공으로 눈길을 옮겼다. 마치 수천 수만 마리의 배추흰나비가 너울너울 춤을 추며 낮은 허공을 날아다니는 것 같았다. 너는 담배꽁초를 주머니에 넣고 실상사로 들어갔다. 나도 너의 뒤를 따라 천왕문을 지나 살얼음이 낀 작은 연못을 지났다. 배추흰나비들은 떼를 지어 날아다니며 돌로 지은 영혼의 집, 천년의 탑 위에 사뿐히 내려앉았다. 천년의 세월을 묵묵히 견뎌온 두 개의 돌탑은 순식간에 순백의 눈탑으로 변했다. 너는 쌓인 눈 위로 첫 발자국을 찍으며 걷고, 함박눈은 너의 발자국을 삽시간에 덮으며 너의 머리와 어깨와 등에 사뿐사뿐 쌓였다. 걸음을 멈춘 너는 눈사람이 되었다.

너는 코트 주머니에 손을 찌르고 겨울 실상사의 눈 내리는 풍경 속에 서서 서탑을 응시했다. 서탑을 응시하는 너의 눈동자는 엉뚱하게도 돌탑에서 문을 찾고 있었다. 그러나 탑에는 문이 없다. 문이 없으니 들어갈 수도 없고 나갈 수도 없다. 들어갈 수도 없고 나갈 수도 없으니 머물고 떠나는 것 또한 자유롭다. 하지만 너는 머물지도 못하고 떠나지도 못한 채 엉거주춤한 자세로 서 있을 뿐이었다. 문득 목탁 두드리는 소리가 들렸다. 목탁 소리는 함박눈에 실려 실상사 구석구석으로 은은하게 퍼져나갔다. 너는 목탁 소리를 향해 고개를 돌렸다. 목탁 소리는 엄동의 추위를 견디고 있는, 살아 있는 모든 것들의 깊은 숨결을 따뜻하게 어루만지며 함박눈처럼 소복소복 쌓였다. 너는 천천히 탑 주위를 돌았다. 탑을 돌며 너는 무엇을 소망하는가? 한 바퀴를 미처 돌지도 않았는데 너는 잠시 걸음을 멈췄다가 석등을 향해 뚜벅뚜벅 걸었다. 스님 한 분이 보광전에서 나와 손바닥을 활짝 펴서 머리 위에 올리고 요사채 쪽으로 종종걸음을 쳤다. 너는 석등 앞에서 머뭇거리더니 뭔가 결심한 듯 보광전으로 무거운 걸음을 옮겼다. 나도 석등 앞에 서보았다. 대낮인데도 석등에 불을 켜고 싶었다. 석등 속에서 타오르는 촛불을 상상하다가 네게로 눈길을 돌렸다. 너는 보광전의 옆문 앞에서 머리와 어깨에 쌓인 눈을 털어냈다. 나 또한 너를 따라 눈을 털어낸 뒤 옆문을 통해 보광전으로 들어갔다. 사람들이 하도 많이 밟고 지나가서 반들반들해진 마루, 기나긴 세월에 본래의 색을 모두 잃고 나뭇결이 도드라진 퇴락한 단청, 황금빛으로 빛나는 세 분의 부처님이 매서운 추위마저도 엄숙하게 만드는 분위기에 너는 약간 구부정한 자세로 담겨 있었다. 나는 탱화 앞에 서서 너를 살폈다. 너는 가운데 계시는 아미타 부처님을 향해 합장했다.

외풍이 제법 거칠게 부는데도 아미타 부처님 앞의 두 개의 촛불은 죽순처럼 꼿꼿하게 타오르고 있었다. 아미타 부처님이 너를 보고 미소를 보내고 있었다. 구멍가게에서 과자를 훔치다 들킨 아이처럼 너의 얼굴이 화끈 달아올랐다. 삐그덕, 옆문을 열고 누군가가 들어왔다. 볼이 발갛게 익은, 청바지를 입은 아가씨가 조심스레 들어왔다. 그 짧은 틈으로 칼날처럼 날카로운 바람에 실린 함박눈이 법당 안으로 몰려들었다. 아가씨는 방석을 무릎 앞에다 놓더니 천천히 절을 올리기 시작했다. 청바지의 끝단에 눈이 뭉쳐져 있었다. 오체를 던져 절을 하는 모습이 자못 경건했다. 너는 아가씨가 절을 하는 모습을 유심히 지켜보았다. 바스락거리며 몸을 움직이는 아가씨한테서 풍기는 살냄새가 아찔했다. 삼배를 마친 아가씨가 법당에서 나가자 너는 혼자가 되었다. 그냥 나갈까 하다가 통 넓은 나무그릇에 담긴 염주를 들어올렸다. 천 개의 염주와 백팔 개의 염주를 들고 잠시 고민하다가 길이가 짧은 염주를 손에 쥐었다. 콩알보다 조금 큰 염주를 엄지로 돌리면서 너는 생각에 잠겼다. 염주 한 알에 번뇌 하나가 담겨 있을까? 백팔 번뇌는 삼천 번뇌로 다시 팔만사천 번뇌로 끝없이 이어지지 않을까, 라고 너는 생각했다. 생에 번뇌가 없다면 사람이 아니라…… 신(神)…… 그저 신이라고 하기엔 부족한데, 어쨌든 그 무엇일 텐데…… 너의 뇌리를 스치고 지나가는 그런 생각을 감지한 나는 깜짝 놀랐다. 네가 번뇌를? 지난 일 년 동안 나는 네가 괴로워하는 것을 별로 본 적이 없었다. 너는 그저 울울창창한 욕망에 따라 움직이는 평범한 인간이었을 뿐인데, 내가 잘못 본 것이 아니었던가.

나의 예상을 보기 좋게 배반하고 너는 가슴 앞에 합장한 뒤 천천히 무릎을 꿇었다. 방금 전에 아가씨가 했던 것처럼 왼손바닥을 바닥에 놓고, 곧장 오른손바닥을 내려놓았다. 이어서 양쪽 팔꿈치와 이마를 마루에 붙여 오체를 투지했다. 그리고 천천히 손바닥을 뒤집어 부처님께 경배하는 자세를 취했다. 너는 잠시 그대로 숨을 멈췄다. 짧았으나 긴 시간이 흘렀고 이마를 마루에서 들어올린 뒤 팔꿈치를 뗐다. 천천히 오른손에 이어 왼손을 들어올리며 몸을 일으켰고 무릎을 세웠다. 몸을 반듯하게 세운 뒤에 가슴에 합장하고 허리를 숙였다. 그뒤에 오른손에 들고 있던 염주 한 알을 엄지로 당겨 밀었다. 비로소 일 배가 끝났다.

다시 가슴 앞에 합장을 하는데…… 물방울을 뚝뚝 떨어뜨리며 침대로 걸어오던 채린이가 너의 뇌리에 생생하게 떠올랐다. 침대에 누워 있던 너는 입가에 함박웃음을 달고 채린이의 알몸을 황홀하게 훑어내렸다. 스물다섯의 채린, 어디서 어떻게 만났는지는 중요하지 않았다. 유부남인 너는 채린이를 사랑한 적이 없었다. 입으로는 사랑한다고 했었지만 내면 깊숙한 곳에서는 사랑이 존재하지 않았다. 그러면서도 가끔씩 만나 몸을 섞었다. 손바닥을 위로 올려 아미타 부처님께 경배하면서 너는 숨을 멈췄다. 왜 이러나? 느닷없이 채린이 그년이 왜 떠오르지? 불경스럽게도 하필이면 이때…… '나쁜 년!' 망막 저편으로 떠오르는 채린의 알몸을 떨궈내고자 눈을 감고 머리를 거칠게 흔들었다. 그럴수록 한 손으로는 넘치고 두 손으로는 모자라는 알맞은 크기의 젖가슴과 메주콩 크기의 분홍 젖꼭지가 점점 선명해졌다. 눈을 더욱 꾹 감았다. 너는 채린의 젖꼭지를 입술로 살짝 깨물었다. 향긋한 복숭아 냄새였던가? 혀를 내밀어 젖꼭지를 가볍고 부드럽게 빨았다. "더어!" 코맹맹이 소리로 채린이가 더 세게 빨아달라고 칭얼거렸다. 너는 기쁘게 채린의 젖가슴을 입 안 가득 빨아들였다. 채린은 불두덩을 너무 빳빳하게 솟구친 남근에 밀착하면서 몸을 바르르 떨었다.

후우우, 숨을 길게 내쉬고 염주 한 알을 뒤로 간신히 밀었다. 너는 부처님을 뵐 염치가 없어 눈을 뜨지 않았다. "뭘 봐, 오빠?" 상아처럼 예쁘게 뻗어내린 채린의 다리를 더듬어올라가면 털이 무성한 깊은 골이 나왔다. 무성한 털 속에 숨겨져 있는 깊은 구멍, 깊은 구멍을 너는 전복이라고 불렀다. 채린의 전복은 너의 넋을 온통 빼앗았다. 아내의 전복은 거무튀튀했지만 채린의 전복은 연분홍이었다. "창피하게 왜 그래?" 하면서 채린이가 다리를 오무렸다. "보고 싶어. 너무 예뻐. 더 벌려, 응." 채린은 부끄럽다며 너의 등을 주먹으로 톡톡 치면서도 다리를 벌렸다. 벌린 다리의 끝에 연분홍의 전복이 무성한 털 속에서 꿈틀거리고 있었다. 너는 손가락으로 털을 가지런하게 헤치고 비로소 드러난 연분홍의 전복에, 정염에 활활 타오르는 눈길을 던졌다. 너는 낮은 포복 자세로 채린의 다리 아래에 엎드려 혀끝으로 전복의 여린 살을 살짝 건드렸다. 전복이 꿈틀 움직였다. 너는 입술로 전복을 살짝 물고 혀로 부드럽게 핥았다. 채린의 엉덩이가 춤을 추었다. 채린은 교성을 지르며 다리를 들어 너의 목을 감쌌다.

차라리 눈을 떴다.

아미타 부처님이 은은한 미소로 너를 굽어보고 있었다. 가슴이 서늘해졌다. 뒤로 밀려난 염주의 줄이 제법 길었다. 보광전에 막 들어왔을 땐 냉기에 몸을 사렸는데 지금은 콧등에 땀방울이 송알송알 맺혀 있다. "좀 도와주라. 이번에 돌아오는 어음만 막으면 자금이 제대로 돌아가게 될 거야. 이자도 넉넉하게 줄 테니까 딱 한 번만 도와다오." 너도 누구한테 그렇게 애원한 적이 있었다. 까닭에 그 절박한 심정을 누구보다도 더 잘 알았다. 고등학교 동창인 진우가 벤처업계에서 잘나간다는 너를 찾아온 것은 지난 목요일이었다. 진우와 너는 피를 나눈 형제보다 가까운 친구였다. 너는 진우를 돕고도 남을 만큼 여유가 충분했다. 시세 차익을 노린 단기매매가 멋지게 성공해 현찰이 차명계좌에 그득했고, 로비에 쓰려고 비자금으로 숨겨둔 현찰도 입이 쩍 벌어질 정도로 준비되어 있었다. 그 돈들은 당장 필요한 것이 아니어서 잠시 돌린다고 해도 어려울 건 없었다. "나는 너를 믿어. 그런데 돈은 안 믿어." 손목시계를 보면서 너는 냉정하게 말했고, 진우는 숙인 고개를 들지 못했다. 힘없이 돌아서는 진우의 뒷모습을 보며 조금은 찝찝했지만 곧 잊고 용인에 있는 아시아나 컨트리클럽에 가서 접대 골프를 쳤다.

회색 몸뻬를 입은 중년의 여인이 들어와 옆에서 절을 시작했다. 흘깃 보니 부처님을 쳐다보는 눈길에서 신심이 느껴졌다. 남자가 절을 한다는 게 약간은 쑥스러웠다. 여기서 그만둘까? 부처를 신앙하는 교인도 아닌데…… 여기서 절을 멈춘다고 해도 부끄러운 일은 아니었다. 그래도 이왕 시작했으니 백팔 배는 마쳐야지 하며 합장하고 부처님을 쳐다봤다. 지그시 감은 듯한 눈을 보니 명치가 뜨끔해지면서 얼굴이 화끈 달아올랐다. 얼른 고개를 숙이고 절을 했다. 처음 신용보증기금에서 창업자금을 받을 때 진우는 두말없이 연대보증인의 서명란에 인감도장을 꾹꾹 눌러줬다. 게다가 운영자금이라며 오백만원짜리 가계수표 열 장도 내주었다. 진우가 없었다면 오늘의 성공이 가능했을까? 가능했을까? ……가능했을 것이다. 너는 정말 열심히 일했다. 한 달에 보름은 집에 들어갈 수 없었다. 마침내는 코스닥에 상장했고, 증시가 얼어붙었을 때에도 해피넷의 주식은 상한가를 때렸다.

진우는 금요일에 부도를 냈다. 진우가 부도를 내던 그 순간 너는 호텔의 지하주차장에서 007가방 하나를 현역 국회의원의 승용차 트렁크에 넣고 있었다. 진우가 빌려달라고 했던 돈의 두 배가 넘는 현찰이 그 속에 들어 있었다. 물론 너는 그 돈을 아까워하지 않았다. 국회의원이 주선해서 기술시사회를 열고 음성인식 보안시스템을 납품하게 되면 아마 모르긴 몰라도 몇십 곱절 이상의 순익을 낼 수 있는 거래였다. 너는 일억원을 뇌물로 주고 단 일원이라도 순익을 낼 수 있다면 무조건 거래를 성사시켰다.

주머니 속에서 휴대폰의 벨이 울렸다. 적막한 법당 안이 갑자기 소란스러웠다. 절을 하던 여인이 너를 쳐다보았다. 민망했다. 마루에 이마를 붙이다 말고 너는 얼른 주머니에서 휴대폰을 꺼내 종료 버튼을 길게 눌렀다. 그런 뒤에 전원을 아예 꺼버렸다. 전화 없는 세상에서 살고 싶다는 생각을 해본 적이 있었다. 때와 장소를 가리지 않고 울려대는 전화가 지긋지긋했지만 매번 상냥하게 받았다. 네게 휴대폰을 하는 사람은 대개 정해져 있었다. 아내, 애인, 금감원 국장, 해피넷 상무, 국회의원 보좌관, 몇 명의 잘나가는 동창, 종종 함께 작전을 펼치는 증권사 대리, 서울지검의 검사, 정부 부처의 국장급 관리 등이었다. 그 외의 사람들은 비서를 통해서만 신원을 확인하고 전화를 받았다.

너는 휴대폰을 다시 주머니에 넣었다. 잠시 마음을 가라앉힌 뒤에 이마를 마루에 붙이고 부처님을 향해 손바닥을 뒤집었다. 지난 일요일 새벽, 자고 있는데 거실에 둔 휴대폰이 난데없이 울렸다. 이 새벽에 전화를 하는 미친놈이 있나 싶었고 침대에서 일어나기도 귀찮아 그냥 두었다. 한참 후에 저절로 꺼지더니 다시 울리기를 세 번, 너는 하는 수 없이 툴툴거리며 일어나 불을 켰다. 너의 아내는 이마를 찡그리며 돌아누웠다. 너는 거실로 나가 전화를 받았다. "여보세요, 여보세요?!" 그러나 상대방은 말을 하지 않았다. 전화가 끊겼나 싶어 액정판을 들여다봤지만 끊기지 않은 상태였다. "여보세요, 여보세요!" 너는 신경질을 내며 소리를 질렀다. 그래도 응답이 없자 플립을 탁 닫고 돌아섰다. "에이 미친……!" 주방으로 가서 냉수를 한 컵 들이켜고 있는데 다시 휴대폰이 요란스럽게 울렸다. 이번에는 발신자 번호를 먼저 살폈다. 발신자 표시 제한이라는 글자가 선명했다. "여보세요, 김성철입니다." 너는 솟구치는 짜증을 누르며 친절하게 응답했다. 하지만 상대방은 여전히 무응답이었다. "여보세요! 전화를 걸었으면 말을 하세요, 네!" 너는 버럭 소리를 질렀다. 그래도 응답이 없자 종료 버튼을 길게 눌러 전원을 꺼버렸다. "누구예요?"라고 아내는 묻지 않았다. 너는 아내의 곁에 누워 담배를 피우며 주인공이 누굴까 곰곰이 생각했다. 채린이가……? 너는 고개를 저었다. 채린은 밤 아홉시만 넘으면 어떤 경우에도 먼저 연락을 해본 적이 없는 아주 쌈박한 성격을 가지고 있었다. 그래서 너는 집에 들어와서도 언제나 마음놓고 휴대폰을 켜두었다. 담배를 두어 모금 빨았을까, 이번에는 침대 머리맡에 둔 유선전화가 요란스럽게 울렸다. 소스라치게 놀란 너는 얼른 수화기를 들었다. 아내가 눈을 뜨고 너를 보더니 옆으로 돌아누웠다. "오빠, 나예요." 여보세요, 라고 하기도 전에 낮게 가라앉은, 귀에 익은 여동생의 목소리가 수화기 속에서 흘러나왔다. "니가 아까 휴대폰으로 전화했었냐?" 너는 놀란 가슴을 진정시키며 차분하게 물었다. "아니." "아니라고? 거참 이상하네. 그건 그렇고 이 시간에 무슨 일이야? 뭔 일 있어?" 말이 끝나자마자 "오빠아!" 하면서 여동생이 울음부터 터뜨렸다. 너는 혀를 끌끌 찼다. "뭔데 그래?" 너는 짜증을 부렸다. "철수 아빠가, 지금……" 울음에 섞인 말로는, 남편이 지금 바람을 피우고 있는 현장에 와 있는데 너무 겁이 나서 들어갈 수가 없다는 내용이었다. "알았어, 갈게." 너는 오리털 파카를 걸치고 부리나케 여동생한테로 달려갔다.

등짝이 후끈 달아올랐다. 법당 안은 여전히 얼음 동굴처럼 싸늘했다. 계속 절을 하면서 몸을 움직이니 법당에 고인 냉기에도 불구하고 몸이 점점 더워지고 있었다. 맨 처음 아미타 부처님을 향해 절을 할 때는 그저 마음이 편안해지기를 소망했었다. 그런데 너의 소망은 절을 하면 할수록 어긋나고 있었다. 절을 하면서 무수한 상념에 시달리고 있는 너. 어쩌자고 기억들은 순서도 없이 뒤죽박죽으로 떠오르는 것일까? 너는 나쁜 기억들을 떨궈내고자 잠시의 짬도 없이 절을 했다. 그래도 떠오르는 기억들 때문에 너는 고통스러웠다.

마음 같아서는 모텔 문을 박차고 들어가 매제와 함께 있는 여자를 죽어라 두들겨패고 싶었지만 꾹 참았다. 매제도 발가벗은 채 끌어내어 거리로 내몰고 싶은 마음이 굴뚝 같았다. 여동생은 그저 질질 짜고만 있었다. 너는 정중하게 노크하고 매제를 불러냈다. 침대에 누워 있는 여자에 대해서는 모른 척했다. 그 여자의 잘못은 아니었다. 매제가 옷을 입고 나올 동안에 너는 여동생을 택시에 태워 집으로 보냈다. 매제가 넥타이도 엉터리로 맨 채 허둥지둥 모텔에서 나오자 스물네 시간 장사를 하는 감자탕집으로 가서 소주를 사이에 놓고 앉았다. 먼저 매제의 잔에 소주를 채우고 너의 잔에도 소주를 가득 부었다. "마셔!" 짧게 한마디를 내뱉고 너는 소주를 입 안에 톡 털어넣었다. 현장범인 매제는 고개를 숙이고 소주를 마셨다. 네가 일곱 잔의 소주를 단숨에 목 안에 털어넣는 동안 매제는 겨우 반 잔 정도를 마셨을 뿐이었다. 소주 한 병을 더 주문했다. 안주로 나온 감자탕은 팔팔 끓고 있었지만 너는 국물 한 수저도 뜨지 않고 소주만 마셨다. 소주가 몸 안에 돌기 시작하니 슬슬 화가 치밀어올랐다. 너는 여동생을 끔찍하게도 위하는 오빠였다. "얼마나 만났어?" 끓어오르는 화를 꾹 삭이며 차분하게 물었다. 매제는 술잔만 바라보았다. 짧았으나 무거운 침묵이 강물처럼 흘렀다. 다시 소주 두 잔을 연거푸 마신 뒤에 너는 매제를 노려보았다. "얼마나 오래 만났냐고!?" 너의 목소리가 천장을 찌를 듯 높았다. 감자탕을 먹고 있던 다른 손님들이 너와 매제를 흘긋흘긋 쳐다보았다. "이번이…… 첨인데, 믿어주세요." 매제의 믿어달라는 말에 꼭지가 팽 돌았다. "개새끼! 당장 이혼해! 상놈의 새끼야! 결혼한 지 얼마나 됐다고 바람질이야 바람질이?" 너는 소주병의 목을 거꾸로 잡았다. 병 속의 소주가 콸콸 쏟아져나와 바지를 적셨다. 매제의 머리통을 소주병으로 박살내버릴까 하다가 부들부들 떨기만 했다. "야, 새끼야! 바람을 피우려면 제대로 피우던가!" 이 말을 남기고 감자탕집에서 나와버렸다. 이혼하라는 네 말에 놀란 사람은 오히려 여동생이었다. "싫어, 오빠. 어떻게 이혼해?" "그럼 바람이나 피우는 놈하고 계속 살래?"

오십 배쯤 했을 때 너의 이마에선 땀이 흐르기 시작했다. 절을 한 번씩 할 때마다 너는 뒤죽박죽으로 떠오르는 상념 때문에 괴로웠다. 너도 괴로워하는구나. 그게 신기해서 나는 너를 유심히 살폈다. '씨발, 그래서 어쩌겠다는 건데?' 너는 그런 마음으로 아미타 부처님을 노려보았다. 부처님께 절을 하면서 참회라도 하는 줄 알았더니 그게 아니었다. 역시 너다웠다. 그게 마음에 들었다.

진우는 자살했다. 동창들의 득달같은 전화를 받고 영안실로 가려고 사무실에서 나오다가 휴대폰으로 아내한테 전화를 걸었다. 아내한테 상가(喪家)에 간다는 말을 하려고 했는데 전화를 받은 사람은 엉뚱하게도 채린이었다. 손가락은 아내가 있는 집의 전화번호를 기억하는 게 아니라 자주 만나는 여자의 휴대폰 번호를 기억하고 있었다. 너는 김유신 장군의 말(馬)을 기억하고 피식 웃었다. 허탈했다. 이놈의 손가락을 잘라버려야 하나? 이왕 통화가 된 것 당장 만나자고 했다. 아직 세수도 안 했다며 미적거리는 채린이한테 갤러리아 백화점으로 나오라고 호통을 쳤다. 너는 갤러리아 백화점 명품관에서 페라가모 명품 핸드백을 사주었다. "흰색 그랜저 좀 사줘, 오빠. 차가 없으니까 쪽팔려 죽겠어." 삼백만 원이 넘는 핸드백을 팔에 걸고도 채린이는 여전히 징징거렸다. "사줄게, 사줄게." 너는 귀찮아서 대충 대답하고 말았다. "언제 사줄 건데?" 채린의 입에 함박웃음이 달덩이처럼 걸렸다. 너는 채린이가 너무 귀여워 귓바퀴를 잡고 살짝 비틀었다. 많은 여자와 잠자리를 했었지만 채린이만큼 속궁합이 딱 맞는 여자는 처음이었다. 채린은 룸에서 파트너로 만난 아가씨였다. 이차를 데리고 나가 모텔에서 처음으로 채린의 조개, 전복의 구멍을 벌리고 들어갔을 때, 귀두를 조이는 전복의 입질에 그만 입이 딱 벌어졌고 자신도 모르게 '헉' 소리를 질렀던 너였다. 전복한테 꽉 물린 너는 일 주일 뒤에 비자금 계좌에서 돈을 덜어내 청담동에다 작은 빌라를 임대해 채린한테 선물했다. "언제 사줄 거냐고!" 빌라에 도착해서도 채린은 어리광을 피우며 코맹맹이 소리로 계속 졸랐다. 빨리 한 번 하고 영안실로 갈 작정이었던 너는 급한 마음에 내일 당장 사주겠다고 약속했다. 채린은 고맙다며 너의 남근을 부드럽게 빨아주었다. 흥분한 너는 사납게 채린의 몸 속으로 들어가 몸을 떨며 사정했다.

영안실에 도착하니 진우의 아내가 싸늘한 눈초리를 보냈다.

기분이 팍 상했다. 진우가 자살한 것이 마치 너의 책임인 양 쳐다보는 동창들도 꽤 많았다. 그렇다고 서둘러 영안실을 떠나면 모두들 뒤에서 손가락질을 할 것이 뻔해서 눈을 딱 감고 참았다. 너는 포커를 치고 있는 동창들 틈에 끼어 앉았다. 첫 판에서 원 페어도 안 되는 패를 들고 최대한으로 돈을 질렀다. 그건 자포자기였는데 바닥에 액면으로 투 페어를 가진 친구들이 호기 있게 따라왔다. 마지막 배팅에서 부조나 왕창 하겠다는 마음으로 수표 몇 장을 푹 내질렀더니 모두들 죽어버렸다. 그 바람에 되려 왕창 따고 말았다. 친구들이 돈 들고 배팅하는 데는 못 당하지 하면서 이죽거렸다. 너는 그것을 질투라고 생각했다. 너를 뒤에서 씹고 다니는 동기생들이 있다는 걸 너도 알고 있었다. 입으로 씹는 동기들이 있으면 귀에다 소곤거리는 동기들도 있는 게 세상 이치였다. 너를 보고 여기저기서 수군거렸다. 너는 귀를 닫고 묵묵하게 포커에만 열중했다. 새벽 한시쯤 속이 쓰려 육개장에다 소주 한 잔을 걸치고 있는데 상호가 들어왔다. 상호는 진우 그리고 너와 함께 소위 삼총사로 불리던 친구였다. 얼마나 울었는지 상호의 눈은 퉁퉁 부어 있었다. 너는 상호와 악수만 한 뒤 조용히 일어나 신발을 신었다. 개새끼라는 욕이 발목을 낚아챘지만 못 들은 척 나와버렸다. 그러곤 채린이가 있는 빌라로 자동차를 몰았다.

이제 허벅지와 장딴지가 당기고 아팠다. 쉬운 줄 알았더니 꽤 힘이 든다고 너는 생각했다. 남은 염주를 보니 얼마 남지 않았다.

그것이 위로가 되었다. 백팔 배만 하고 어서 떠나자는 마음이 들어 잠시 긴 숨을 몰아쉰 뒤에 두 손을 모았다. "어디야?" 가끔 아내는 전화를 걸어 짧게 묻곤 했었다. 세상에서 가장 가까운 사이면서도 가장 멀리 있는 존재인 아내. 너는 아내를 사랑했다. 아내를 사랑한다고? 그럼 다른 여자는? 아내는 아내고, 다른 여자는 다른 여자였기 때문에 애초부터 죄책감은 없었다. 아내도 너를 사랑하면서 다른 남자를 만난다면? 그거야…… 생각해봐야 알겠지만 당연히 이혼 아닌가? 다른 남자를 만나 섹스를 즐긴 더러운 여자와 어떻게 함께 살 수 있단 말인가? 상상만 해도 끔찍했다. 지금까지 너는 아내한테 할 만큼 했다고 자부하며 살았다. 결혼기념일이나 아이들의 생일, 장인의 제사와 장모와 처남들의 생일까지 꼼꼼하게 챙겼다. 내년 여름에는 유럽으로 여행을 보내드릴 계획도 세우고 있었다. 아내는 서른일곱인데 이제 겨우 서른 초반으로 보일 정도로 미인이었다. 집안도 든든했고, 무엇보다 곱게 자란 탓인지 얼굴에 그늘이 없어 좋았다. 너의 느닷없는 외박에도 너를 믿고 아무것도 묻지 않는 아내, 그런 여자를 너는 철저하게 속였다. 그래도 너의 아내는 아이들을 위해 최선을 다하고 있었다.

오늘 기사가 났을까? 아직 신문을 보지 못해 너무 궁금했다. 진우의 부음을 듣기 직전에 회사로 조선매일신문의 경제부 장기자가 불쑥 찾아왔다. 지난달 조선매일의 월간지에 해피넷의 기술력과 너의 성공신화에 대한 특집기사가 실렸었다. 그 보답으로 너는 특집기사를 쓴 최기자한테 주식 백 주를 매매하는 방식으로 줬다. 최기자는 그 주식을 팔아 삼천만원이 넘는 현금을 챙겼다. 아마도 그 소식을 듣고 찾아온 게 분명했다. 너도 이미 기자를 상대하는 법에 대해서는 빠삭하게 알고 있었다. 너는 홍보실에서 마련한 기사 스크랩과 홍보자료가 든 누런 봉투를 장기자한테 넘겨주었다. 장기자와 너는 설렁설렁 농담을 주고받으며 인터뷰 아닌 인터뷰를 했다. 장기자는 정치권의 움직임에도 늘 신경을 써야 한다며 야당에도 보험을 들어두는 편이 좋다고 은근히 운을 뗐다. 너는 장기자한테 야당 국회의원을 소개해달라고 부탁했다. 장기자는 정치인들을 상대하려면 요게 많이 필요하다며 엄지와 검지를 둥그렇게 말아 동그라미를 만들었다. 이어서 조만간 우리나라에서 제일 부킹이 어렵다는 새나라 컨트리클럽에서 골프 모임이나 갖자고 제안했다. 너는 법인카드를 장기자한테 내밀었다. 그걸로 할말은 끝이었다. 장기자는 법인카드를 지갑 속에 넣으며 입을 다물지 못했다. '요새는 기자들도 개털이에요. 언론개혁이다 뭐다 하면서 눈을 시퍼렇게 뜨고 감시하고 족치니……' 그냥 받기는 쑥스러웠는지 장기자가 너스레를 떨었다. 너는 조선매일에 큼지막하게 실릴 박스 기사를 생각하며 속으로 전자계산기를 두들겼다. 신문에 기사가 나는 날에는 그만큼 주가가 상승했다. 매출이 전혀 발생하지 않는 달도 있었는데 꾸준히 기사가 나오니까 주가는 언제나 상한가를 기록하고 있었다. 동창회에서도 기금을 달라고 전화질을 해댔고, 장애인단체를 비롯한 온갖 단체에서도 기금을 달라고 성화를 부렸다. 언론인들과 정치인들한테 쓰는 돈은 반드시 이익을 가져왔다. 이익이 발생하지 않는 돈은 쓰지 않는 게 너의 비즈니스 원칙이었다. 장기자가 마감 때문에 바쁘다며 대표이사실에서 나가자마자 진우의 부음을 알리는 전화가 걸려왔다.

'나쁜 년!' 갑자기 머리에 쥐가 올라 너는 어쩔 줄 몰라 허둥거렸다. 화가 나서 절을 하기도 힘드는지 일어나질 않았다. 너는 분을 참느라 한동안 식식거렸다. '더러운 년, 찢어 죽일 년……' 얼굴이 난로 속의 갈탄처럼 시뻘겋게 달아올랐다. 나는 네가 무슨 생각을 하고 있는지 속속들이 알 수 있지만 솔직히 아직도 너를 잘 알 수가 없었다. 이 세상에서 너를 가장 잘 알 수 있는 사람은 오직 너밖에 없었다. 나도 그때쯤에는 너를 포기하고 싶었다. 너는 흘러내린 땀을 닦지도 않고 절에 열중했다.

청담동 빌라에 도착한 너는 채린을 놀릴 작정으로 초인종을 누르지 않고 열쇠로 문을 열고 들어갔다. 살며시 문을 닫고 막 신발을 벗는데 안방에서 이상한 비음이 흘러나왔다. 발뒤꿈치를 들고 도둑고양이처럼 살금살금 걸어 거실을 지나 안방 쪽으로 갔다. 문에 귀를 대고 안방의 기척을 살폈다. 아으으, 귀청을 때리는 채린의 신음과 살과 살이 부딪치는 소리가 요란하게 들렸다. 너는 안방 문을 활짝 열어젖혔다. 네가 사준 침대에서 알몸으로 엉겨 있는 채린이와 노랑머리 젊은 남자가 순식간에 떨어졌다. 노랑머리 젊은 남자는 당황해서 윗옷을 들고 밖으로 뛰쳐나갔다. 몇 시간 전, 페라가모 핸드백을 팔에 걸고 흰색 그랜저를 사달라고 조르던 여자가 지금은 다른 남자와 섹스를 하고 있다니…… 채린은 너를 흘긋 보더니 "씨발!"이라고 한마디를 내뱉은 뒤에 담배에 불을 붙였다. 알몸의 채린은 다리를 꼬고 앉아 연기를 뿜어냈다. 화장대에는 아까 사준 페라가모 핸드백이 얌전하게 놓여 있었다. 핸드백을 보는 순간 감정이 폭발했다. 너는 주방으로 나가 가위를 가져왔다. 네 손에 들린 가위를 보고 채린은 깜짝 놀라 일어섰다. 잘록한 허리 아래에 다복솔숲처럼 무성한 채린의 털이 지금은 증오스러웠다. 너는 가위로 핸드백을 잘게 잘라버렸다. "나쁜 년!" 가위를 침대 한가운데에 꽂고 채린의 따귀를 후려쳤다. "때렸어? 날 때렸어? 니가 뭔데 날 때려? 니가 뭔데?!" 채린이가 악다구니를 질렀다. 너는 채린의 따귀를 또 후려쳤다. 채린이가 침대로 쿵 넘어졌다. 간신히 일어난 채린의 입에서 피가 흘러내렸다. 너는 뒤로 한 걸음 물러났다. "너, 나 사랑하니?" 흐르는 피를 닦지도 않고 채린이가 물었다. 그 질문에 어처구니가 없어진 너는 쿵쿵거리며 웃었다. 너는 채린을 사랑한 적이 없었다. "사랑하지도 않으면서 왜 때려! 왜 때려? 이 나쁜 자식아, 무슨 권리로 때려, 응?" "이런 창녀 같은 년이!" 네가 다시 손을 쳐들자 채린은 침대에 꽂혀 있는 가위를 뽑아 들었다. "내가 창녀면 너는 뭔데? 너는 뭐냐고? 그래 나 창녀 맞다. 나도 너를 사랑한 줄 아니? 어림없어, 새끼야! 돈 몇 푼에 우쭐대지마, 씨발놈아!" 채린이가 악을 바락바락 써댔다. 갑자기 채린이도 너 자신도 지금의 이 상황도 지긋지긋해졌다. 너는 미련 없이 돌아서서 빌라를 나왔다. 기분이 좀 더러웠을 뿐이지 슬프진 않았다. 흰색 그랜저를 뽑아주기 전에 정체를 알게 된 것은 무척 다행이었다. 그걸로 위안을 삼았다. 사랑하지 않았으니 상처도 없었다. 너는 상처 운운하면서 징징거리는 것을 제일 싫어했다.

돌아가면 빌라를 내놓을까? 아니면 그냥 두고 잠깐씩 이용할까? 쌈박한 년이니까 오늘쯤에는 짐을 싸들고 나갔겠지. 너의 절도 이제 백 배가 넘었다. 이제 팔 배만 하면 염주가 한 바퀴 돌 터였다. 너의 뇌리에 초등학교 이학년인 딸 로이(璐怡)와 사학년인 동현이가 떠올랐다. 채린이와 헤어졌다고 생각하는 순간 맨 먼저 떠오른 사람은 아내가 아니라 로이였다. 아름다운 옥 '로'에 기쁠 '이'를 쓰는 이름답게 로이는 정말 푸른 옥처럼 예뻤고 날마다 너를 기쁘게 해주었다. 로이처럼 예쁜 여자애가 있었다. 항암제를 맞아 머리를 빡빡 깎은 아이였는데 라디오에서 수술비가 없어 수술을 받을 수 없다는 가난한 부모의 절규를 듣고 너는 곧장 방향을 돌려 병원으로 갔었다. 병실로 찾아가 아이와 부모를 만나 저간의 사정을 듣고 원무과로 가서 수술비를 비롯해 치료비 일체를 지불했었다. 병원을 나오면서 너는 그 아이의 부모한테 이름도 말하지 않았다. 집으로 돌아가는 길에 너는 뿌듯함에 젖어 콧노래를 불렀다.

집에 도착하자마자 너는 딸의 방으로 들어가 새근새근 자고 있는 로이의 뺨을 살짝 깨물었다. 로이는 너의 목에 팔을 걸고 뺨에다 쪽 뽀뽀를 해주었다. 너는 행복한 삶에 대해 감사했다. 거실로 나오니 아내가 보약을 내왔다. 집에만 오면 아무리 늦어도 아내는 보약을 데워서 들고 왔다. 너는 넥타이를 풀고 보약을 들이켰다. 약사발을 테이블에 내려놓는데 아내의 얼굴에 그늘이 드리워져 있는 게 눈에 띄었다. "왜, 무슨 일 있어?" "당신 좀 일찍 들어올 수 없어요?" "일 때문에 늦는 거 당신이 잘 알잖아." "동현이가 내 말을 너무 안 들어. 말대꾸나 꼬박꼬박 해대고." "알았어, 일찍 들어오도록 해볼게." 하지만 속으로는 어림없다는 생각이 들었다. "그런데 무슨 일 있었어?" 아내의 어두운 얼굴을 향해 예의상 한번 더 물어봤다. "동현이 학원에서 전화가 왔는데 사흘째 학원에 안 왔다는 거예요. 집에서는 분명히 학원 간다고 나갔는데." 아내의 말에 너의 이마가 찡그려졌다. "나가서 뭐 하는데?" "게임방에 가나봐요." "게임방? 집에도 피시가 있잖아?" "집에서는 재미가 없대요." "뭐 큰일도 아니구만. 나도 초등학교 때는 말이야, 학교 땡땡이 까고 만화방에서 살았어." "문제는 거짓말이에요. 지갑에서 돈도 꺼내가고." "나도 엄마 돈 많이 훔쳤어." "그래서 그렇게 키울 거예요?" 아내가 눈을 흘겼다. "알았어, 알았어. 내가 잘 타일러볼게. 자자, 얼른. 피곤해." 다음날 아침 너는 동현이를 불러놓고 회초리를 들었다. 동현이는 파랗게 질렸다. "아빠가 세상에서 젤 싫어하는 게 뭔지 알아?" 너는 목소리를 자못 높였다. "아빠, 용서해주세요." 동현이가 싹싹 빌었다. "니가 뭘 잘못 했는데?" 너는 동현이가 잘못을 솔직하게 인정하면 잘 타이르고 끝내고 싶었다. "잘 모르겠어요." 잔뜩 울상인 채로 동현이가 대답했다. "잘 몰라? 뭘 잘못했는지 모르면서 무조건 용서를 빌어?" 너는 이마를 찡그리고 말했다. "죄송해요, 아빠" 하면서 동현이가 눈물을 뚝뚝 흘렸다. 회초리만 보고서 눈물바람인 아들이 못마땅했다. "학원 간다고 나가서 뭐 했어? 피시방 갔지?" 아이의 잘못을 빨리 지적해주고 말로 타이를 요량으로 물었다. "피시방 안 갔어요." 동현이가 거짓말을 했다. 아들의 거짓말에 너는 화가 났다. "정말 안 갔어?" 너는 눈초리를 사납게 세웠다. "예." 아들의 대답에 너는 크게 실망했다. "종아리 걷어!" 너는 회초리를 흔들었다. 동현이는 뒤로 슬슬 피하며 울기만 했다. 울면서 거짓말을 하는 아들을 보니 화가 나서 참을 수가 없었다. "뚝, 그쳐! 아빠가 때렸어? 울긴 왜 울어? 빨리 종아리 걷지 못해?!" 그래도 아들은 징징 짜기만 했다. 갑자기 꼭지가 핑글 돌았다. 너는 회초리를 마구잡이로 휘두르기 시작했다. 등, 팔, 다리, 엉덩이에 회초리가 쏟아졌고 기어이는 왼뺨에도 붉은 자국을 내고 말았다. 동현이의 얼굴에 지렁이 한 마리가 딱 붙어 있는 것처럼 보였다. 폭력에도 관성이 있어서 한 번 휘두르기 시작하면 좀체 멈추기가 어려웠다. 동현이는 얼굴을 감싸고 데굴데굴 굴렀다. 너는 거실 바닥에서 뒹굴고 있는 동현이의 배를 발로 차버렸다. 아내가 몸을 던져 막았다.

천천히 절을 올리는데 동현이의 얼굴에 붙은 지렁이처럼 붉은 회초리 자국이 떠올라 너의 가슴은 미어졌다. 학원도 피시방도

숙제도 없는 곳에서 공부를 시키고 싶다고 너는 생각하며 마지막 염주를 손가락으로 밀어냈다. 마침내 백팔 배가 끝났다. 절 한 번에 한 개의 번뇌가 염주처럼 꿰어져 너를 휘감았다. 너는 방석에 털버덕 앉아서 고개를 숙였다. 동현이가 초등학교를 졸업하면 미국이나 캐나다로 유학을 보내야겠다고 너는 결심했다. 교육을 생각하면 한국이 정말 싫었다. 너는 염주를 그릇에 담아놓고 천천히 일어나 법당에서 나갔다.

법당에서 나오니 온 세상이 하얗게 변해 있었다. 함박눈은 여전히 기세 좋게 펑펑 쏟아지고 있었다. 보광전 앞의 두 탑과 석등도 눈 속에 처연하게 서 있었다. 요사채 쪽에서 하얀 눈사람 하나가 천천히 걸어왔다. 머리카락 없는 머리 위로 하얀 눈이 소복하게 쌓인 눈사람은 얼굴에 주름이 자글자글한 노스님이었다. 오른손에 빗자루를 들고 왼손에 양초를 든 노스님은 미끄러지듯 걸어와 석등으로 올라갔다. 석등에 양초를 넣고 불을 밝힌 노스님은 손과 손 사이에 빗자루를 끼고 가볍게 합장했다. 너는 노스님을 보지 못하고 눈 위에 발자국을 찍으며 걸었다. 하얀 눈 위에 찍히는 너의 검은 발자국…… 나는 눈 내리는 겨울 실상사의 풍경에서 빠져나와 풍경 밖에 서서 너를 바라보았다. 네가 백팔 배를 하는 동안 나는 혼란에 휩싸여 있었다. 너를 잘 안다고 자부하고 있었는데 지금은 도무지 안다고 할 수가 없었다. 너는 눈 내리는 겨울 실상사의 풍경 속에 오래도록 담겨 있었다. 나는 네가 미웠다. 내게 너의 정체를 알아봐달라고 부탁했던 의뢰인은 네 아내였다.

네 아내한테 너의 정체를 보고하기가 두려웠다. 세상 사람들은 너를 성공한 사람으로 알고 있었다. 나는 네 아내를 위해 오랫동안 준비해온 일을 시작하기로 결심했다.

나는 두 개의 탑 사이에 서서 보광전의 처마 끝에서 눈 내리는 하늘을 유영하는 한 마리의 물고기를 보고 있는 너를 향해 은밀하게 접근했다. 아무리 생각해도 너를 용서할 수가 없었다. 나는 이제 막 탑돌이를 시작하고 있는 너를 위하여 주머니에서 비수를 꺼내들고 석등 앞에서 눈을 맞으며 기다렸다. 노스님은 천왕문 쪽으로 몸을 돌리고 비질을 하고 있었다. 노스님의 뒤로 길이 만들어졌다. 오래지 않아 나도 눈사람이 되었다. 허연 입김을 내뿜으며 너는 나를 스쳐 지나 노스님이 만든 길로 걸어갔다. 그 길을 최초로 밟는 사람이 너라는 사실에 나는 더더욱 분노했다. 나는 망설이지 않고 너의 심장을 향하여 비수를 찔렀다. 불의의 일격을 당한 너는 피를 분수처럼 내뿜으며 나를 보았다. 하얀 눈 위로 붉은 피가 점점이 뿌려졌다. 너는 몸부림을 치다가 눈 위로 푹 쓰러졌다. 나는 살겠다고 몸부림치는 너를 가만히 들여다보았다. 그러다 말고 흠칫 놀랐다. 너의 눈동자 속에 내가 담겨 있었다. 심장에 비수를 꽂고 살겠다고 몸부림치고 있는 나. 석등 속에서 빛을 뿜어내던 불꽃이 심하게 흔들렸다. 비질을 하는 노스님의 그림자도 흔들렸다. 노스님이 천천히 몸을 돌렸다. 두 개의 탑 사이, 노스님이 비질로 만든 하얀 눈길은 나의 심장에서 뿜어진 피로 온통 붉게 변하고 있었다. 나는 붉은 눈길 위에서 마지막 숨을 내쉬었다. 너는 빙그레 웃으며 죽어가는 나를 보고 있었다. 내 심장 위로 수많은 배추흰나비들이 몰려들었다. "이놈들, 저리 가거라!" 노스님이 허공에다 빗자루를 흔들며 배추흰나비를 쫓아냈다. 배추흰나비 한 마리가 석등의 불꽃 속으로 뛰어드는 것을, 나는 보았다.

내 마음의 실상사

십자가의 가시철사가 눈을 아프게 찔렀다.

눈을 감았다. 나는 나를 위해, 내 위선에 대해 고해하듯이 기도했다.

기도는 곧 울음이 되었다.

나는 어둑한 교회에 앉아 오래 울었다.

불을 타고 하염없이 흐르는 눈물 위로 종이배처럼

실상사가 떠가고 있었다.

1

뻔뻔스럽기는, 뻔뻔스럽기는……

해탈교를 건너는데 그 말이 귓바퀴에 맴돌았다. 새벽 예불을 알리는 종소리가 은은하게 울려퍼졌다. 종소리 속에도 '뻔뻔스럽기는'이 섞여 있었다. 해탈교를 건너 실상사로 들어갈 때의 그 오만은 누더기로 변해 남루해지고 말았다. 나는 버스정류장에 섰지만 목적지를 정하지 못하고 막막함에 사로잡혀 있었다. 함양으로 가는 새벽 첫 버스가 지나갔지만 타지 않았다. 봄호 계간지 청탁만큼은 반드시 지키고 싶었다.

청탁받은 단편소설을 쓰겠다고 실상사로 온 지 벌써 사흘째였다. 원고 마감까지는 아직 일 주일의 여유가 있었다. 단편소설쯤

이야 그 동안에 충분히 쓸 수 있겠지 했는데 사흘이 되도록 단 한 문장도 만들어내지 못했다. 낮에는 비실거리며 낮잠을 잤고, 저녁 예불 종이 울린 뒤부터 새벽 도량석 시간까지 노트북 앞에 꼼짝 않고 앉아 있었지만 이야기의 얼개는커녕 등장하는 인물의 이름도 만들어내지 못하고 시간만 탕진했다. 서울을 떠나 실상사로 오면 뭐든 쓸 수 있을 것만 같았는데…… 지난 일 년 동안 계간지의 청탁을 세 번 받았지만 매번 소설쓰기에 실패하고 말았다. 핑계는 많았다. 사무실에서 추진하고 있는 일 때문에 자주 평양엘 다녀와야 했고, 가기 전에도 준비 때문에 소소하게 바빴던데다 돌아와서도 뒷일을 마무리하느라 도무지 나만의 시간을 가질 수 없었다. 그 시간 동안 가까운 동료가 연거푸 문학상을 수상할 때는 질투 때문에 잠을 이루지 못하고 끙끙 앓았다. 글을 쓸 시간만 주어진다면 훨씬 더 잘 쓸 수 있는데, 통일운동을 하느라 너무 바빠서, 평화운동을 하느라 눈코 뜰 새가 없어서, 전쟁에 반대하는 눈앞의 긴급한 일을 외면할 수가 없어서, 많은 사람들을 만나야 해서, 등의 핑계가 준비되어 있었다. 정말이지 차분하게 앉아 글을 쓸 시간이 좀체 만들어지지 않았다. 하지만 이번에는 작심하고 서울을 떠났다. 온 세상이 주목하는 소설 한 편을 쓰고 돌아가리라. 화려한 조명을 받으며 문학상을 받을 수 있는 소설 한 편을 기어코 쓰고 말리라. 내가 누구냐! 누구보다도 글을 잘 쓸 수 있지만 다만 역사를 사는 일을 소홀히 할 수 없어서 쓰지 않았을 뿐이다. 나는 그렇게 자신을 다독거리며 실상사로 왔었다.

시대의 유행과 눈 맞추어 개그콘서트와 비슷한 종류의 소설 따위는 쓰지 않겠다. 위화의 『허삼관 매혈기』에 비하면 조족지혈에 불과한, 그래서 얄팍한 말장난으로 소설을 대량생산해내는 것 따위와는 상대도 하지 않겠다. 불륜? 그거 나도 할 만큼 해봤다. 연애도 해봤고 이혼법정에도 서봤다. 소통이니 소통부재니 하는 주제를 내걸고 불륜을 소재로 삼아 그럴듯한 작품 하나 매끄럽게 뽑아낼 서사의 재료나 기억은 충분했다. 내 곳간에는 소설이 그득했다. 하지만 결코 그것으로 장사를 해볼 생각은 없었다. 불륜이든 아니든, 어찌 되었든 나와 관계를 가진 여자들에게 예의가 아니기 때문이었다. 빈약한 서사에 문체와 스타일만 풍성한 작품도 내 비위에는 맞지 않았다. 평론가들의 주목을 끌고 온갖 문학상을 휩쓸어도, 온갖 화려한 수사로 치장된, 소설책이 서점의 판매대를 장악한다고 해도 그것 역시 나와는 거리가 멀었다. 나는 내가 쓰고 싶은 글만 쓰겠다고 다짐에 다짐을 거듭했다. 실상사로 내려올 때만 해도 나는 자신만만했었다. 시간을 벌었으니 깜짝 놀랄 작품 하나가 손끝에서 탄생하리라.

나흘째 새벽이 되자, 나는 몹시 예민해져 있었다. 누가 건드리기만 하면 곧장 주먹을 휘두를 것처럼 날을 세우고 방에 앉아 있었다. 신경이 바늘 끝처럼 날카로워졌다. 마음 같아서는 노트북을 발로 밟아버리고 당장 방을 떠나고 싶었다. 절 밖으로 나가 담배를 피워야 했지만 그냥 방에 앉아 담배를 피웠다. 청정한 도량에 더러운 흔적을 남기는 짓이었지만 내가 먼저 숨이 막혀 죽을 지경이었다. 멀리 마을 쪽에서 닭이 울었고 오래지 않아 공양간 쪽에서 도량석을 올리는 목탁 소리가 시작되었다. 정신이 번쩍 들었다. 이대로는 안 되겠다 싶어 서둘러 담배를 껐다. 마음을 다스리기 위해 가부좌를 틀고 눈을 감았다. 온갖 잡념들이 머릿속에서 들끓었다. 몽상에 가까운 잡념에 시달리다가 벌떡 몸을 일으켜 무작정 방에서 나갔다. 어둠에 갇힌 세상을 흔들어 깨우는 도량석 목탁 소리를 들으며 보광전을 향해 천천히 걸었다. 정월의 매서운 한기가 지끈지끈 무거웠던 머리를 시원하게 훑어주었다. 석등 앞에 서서 잠에서 서서히 깨어나는 실상사를 가만히 바라보았다. 여기저기 방에서 불이 켜지고 있었다. 석등에 촛불을 올려놓아 내 안의 어둠도 태웠으면…… 순간 얼굴이 화끈 달아올랐다. 석등, 촛불, 내 안의 어둠? 한심한 작자가 아닌가, 라는 생각에 휩싸였다. 다리가 후들후들 떨렸다. 나흘째의 새벽을 맞이했지만 아직까지 한 글자도 쓰지 못한 까닭을 어렴풋이 알 것만 같았다. 잘나지도 않은 주제에 너무 심하게 잘난 체를…… '아니다. 나는 잘난 체를 한 적이 없다'라고 강하게 부정했다. 잘난 체를 한 적이 있는가? 얼마나 겸손해지려고 노력했던가. 친하게 지내는 몇몇 사람 외에는 기자나 평론가들 혹은 다른 작가들도 거의 만나지 않으며 지내왔는데 잘난 체라니? '지금쯤 솔직해지는 게 좋지 않을까?' 내 안의 또다른 내가 은근히 비꼬며 시비를 걸었다. '무엇에 대해서 솔직해야 하는 거지?' 또다른 내가 거칠게 반항했다. '실제보다 과장된 성과에 대한 집착과 헛된 명예욕, 어제의 허명에서 벗어나지 못하고 오늘도 그 허명에 의지하려는 욕구, 여전히 운동을 하고 있다는 허위의식이 네 속엔 가득 차 있어.' '……' '심지어는 사람들 앞에 서기 좋아하는 위선덩어리에다 과도한 권력욕과 지배욕으로 너는 썩어 있어. 그 모든 것들에 대해 솔직해져야 되지 않을까?' '아니야, 네가 잘못 보았어. 나는 다만 맨 뒤에 서서 변하지 않기만 바랐을 뿐이야. 그것마저도 잘못이라고 할 수는 없잖아. 그건 내 자존심이야. 그것을 뭉개진 말아줘.' 나는 버텼다. '뻔뻔스럽기는.' 결정타를 먹고 나는 휘청거렸다. 링 바닥에 드러누워 뻗지 않기 위해 내가 할 수 있는 일은 서둘러 가방을 싸는 일이었다. 새벽 예불을 올리겠다는 애초의 계획을 팽개치고 서둘러 실상사를 빠져나왔다.

이대로 서울로 올라가는 것은 완벽한 패배였다. 이 패배를 인정할 수 없었다. 마천을 향해 천천히 걸음을 떼었다. 마천으로 방향을 잡은 것은 고향이어서라기보다는 다만 서울과 멀어지기 위해서였다. 세상은 새벽 어스름 속에 희미하게 감춰져 있었다. 감춰진 길을 따라 멈추지 않고 걸었다. 다리를 건너 내가 살던 실덕마을로 향했다. 한때 다녔던 마천초등학교 교정으로 들어가 어둠에 싸인 텅 빈 운동장을 바라보며 담배를 피웠다. 함께 학교를 다녔던 친구들의 얼굴을 떠올리려고 애를 썼지만 누구의 얼굴도 떠오르지 않았다. 다만 바람만이 헐벗은 플라타너스 가지를 흔들었다. 몸이 식자 추위가 몰려왔다. 고향집 마루에 앉아 생각을 가다듬어보겠다는 마음이 들어왔다가 부질없는 짓이라며 빠져나갔다. 학교 운동장에서 나와 왔던 길을 되밟아 걸었다. 사람은 아무도 없었다. 천천히 걸었고, 새벽이 조금씩 물러났다. 장터, 면사무소, 진주다방, 버스터미널, 중학교를 지나 터벅터벅 걸었다. 벽송사로 가는 삼거리를 걸어갈 때 물뿌리개에 담겼던 아침 햇살이 대지에 뿌려지기 시작했다. 지리산 자락 위로 떠오른 아침 해를 바라보며 휴천을 향해 걷고 걸었다. 반드시 정해둔 시간 안에 목적지에 도착하는 것이 목표가 아니었지만 무언가에 쫓기는 마음이 들었다. 잠시라도 멈추면 등덜미를 잡혀 흉측한 일을 당할 것만 같은 조바심이 들어 뛰듯이 발걸음을 놀렸다. 점차 호흡이 가빠졌고 이마에 땀이 맺혔다. 처음 마천을 향해 걷기 시작할 때만 하더라도 온갖 잡념에 사로잡혀 있었는데 휴천을 지나자 머릿속이 조금씩 비워지기 시작했다. 휴천을 지나 산청 쪽으로 접어들자 나중에는 오직 걷는 행위만이 남게 되었다. 지리산 자락에는 헐벗은 겨울나무들이 잔설 속에 서 있었다. 어떤 거짓도, 어떤 타락도, 어떤 치장도 없이 온전하게 정직한 모습으로 서 있는 겨울나무들…… 경건해 보였다. 그러고 이 길을 걷고 있는 자신이 혐오스러웠다.

몇 해 전, 지리산 구석구석을 헤맨 적이 있었다.

여자를 즐겁게 만났고 고통스럽게 헤어졌다. 사랑한다고 말했다. 헤어진 뒤, 그것이 사랑이었는지 불륜이었는지 혹은 집착이었는지는 지금도 잘 모르겠다. 어쨌든 치사량의 약을 먹고 병원에서 깨어난 후로, 정처 없이 지리산을 떠돌았다. 그때 내원사에 갔었다. 내원사에서 하루를 잤는데, 꿈을 꾸었다. 백혈병으로 세

상을 떠난 이복형과 조울증으로 정신불안을 겪다가 끝내 동작대
교 위에서 한강에 몸을 던진 동생이 흰 소를 데리고 하룻밤 신세
를 지고 있는 내원사 요사채로 찾아왔다. 형과 동생이 내원사 바
깥에 흰 소를 묶어두고 방으로 들어와 함께 가자고 졸랐다. 죽은
사람들이 어떻게 왔느냐고 내가 물었다. 이복형은 빙그레 웃었고
동생은 좋은 데가 있으니 함께 가자고 간청했다. 싫다고 했지만
동생은 내 손을 잡아 일으켰다. 안 되는데, 안 되는데 하면서 나는
일어났다. 동생의 손에 이끌려 내원사 밖으로 가니 과연 흰 소가
앉아서 내게 등을 내밀었다. 꿈에서도 나는, 흰 소를 타면 죽는다
는 생각이 퍼뜩 들었다. 절대로 탈 수 없다고 버텼다. 동생은 저
소를 타기만 하면 세상에서 가장 좋은 곳으로 갈 수 있다고 유혹
하며 졸랐다. 하지만 뒤에서 웃고 있는 이복형이 너무 무서웠다.
동생의 손을 뿌리치고 달아나려고 했는데 어찌 된 일인지 한 걸
음도 옮길 수 없었다. 아무리 달아나려고 해도 발은 말뚝처럼 땅
에 박혀 꿈쩍도 하지 않았고, 아무리 소리를 질러 구원을 요청하
려고 해도 입 밖으로 소리가 나가질 않았다. 흰 소가 크고 맑은 눈
망울을 굴려 나를 쳐다보았다. 그 순정한 눈을 보는 순간, 등에 타
야만 할 것 같았다. 흰 소를 타지 않으면 나중에 반드시 후회하고
말 것 같은 느낌에 사로잡혔다. 그러다 꿈에서도 타면 안 돼, 이건
꿈이야, 라는 생각을 하면서 흰 소의 눈망울에서 벗어나기 위해
얼른 눈을 감았다. 이건 현실이 아니야, 꿈이야, 지금 가위에 눌리
고 있는 거야. 눈을 감으니, 흰 소도 이복형도 동생도 시야에서 순

식간에 사라지고 모든 것이 캄캄한 어둠 속으로 스며들었다. 아무것도 보이는 것이 없었다. 그제야 간신히 꿈에서 빠져나왔다. 눈을 뜨니 온몸이 땀으로 흥건했다. 허공에 붕 뜬 느낌이었다. 동생과 이복형을 태운 흰 소가 장당계곡의 물소리 속으로 스며드는 모습이 꿈의 마지막 풍경이었던가? 기가 막혔고 숨이 거칠어졌다. 나는 가부좌를 틀고 앉아 호흡을 가다듬었다. 아무것도 생각하지 않으려 애를 썼지만 이복형과 동생과 흰 소가 마치 현실처럼 생생하게 떠올랐다. 새벽 예불을 알리는 종소리가 들렸지만 무서워서 밖으로 나갈 수가 없어 가부좌 상태에서 날이 환하게 밝아오기를 기다렸다. 날이 밝자 전날 뵈었던 비로자나불을 찾았다.

내원사의 비로자나불은 귀도 눈도 코도 미소도 옷자락도 알아볼 수 없는 두루뭉술한 형체로만 남은 돌부처였다. 『화엄경』안에서 비로자나불이 침묵으로 일관하는 것처럼, 비가 내리면 비를 맞고 바람이 불면 바람 속에 앉아 돌로 만든 저 비로자나불은 묵언(默言)으로 천년을 견뎠다. '비로자나불은 보통 사람의 육안으로는 볼 수 없는 광명의 부처이다. 모든 부처님의 진정한 몸인 법신불(法身佛)이기 때문이다. 법신은 진여실상(眞如實相)이다. 실상이 법, 본질, 본성 혹은 깨달음이라면, 진여실상은 실상과 동일한 진정한 어떤 것이다. 그러기에 빛깔이나 형상이 없는 우주의 본체를 법신이라고 한다' 라는 글을 읽은 적이 있다. 문자는 읽었으되 무슨 뜻인지 도무지 헤아릴 수가 없었다. 간신히 읽기만 했을 뿐 문자에도 가 닿지 못했다. 수십 년 동안 몸과 마음을 다 바쳐 각고의 수행을 쌓고 쌓아도 겨우 도달할까 말까 한 비로자나 불의 참된 모습을 몇 문장의 글만 읽고서 알았다고 할 수는, 정녕 없는 노릇이었다. 나는 비로자나불을 향해 백팔 배를 시작했다. 오체투지를 할 때마다 기묘하게도 꿈에서 본 흰 소가 떠올랐다. 괴로웠다. 흰 소를 탔어야만 했다는 후회가 나를 감싸고 휘돌았 다. 만약 흰 소의 등에 탔더라면 지금쯤 어디로 가고 있을까? 죽 음과 삶의 경계를 건넜을까, 아니면 한낱 꿈에 불과했을까? 흰 소 의 생생한 형상 때문에 백팔 배를 끝내지 못하고 일어서야만 했 다. 허탈한 마음으로 경내를 걷다가 요사채 뒤쪽으로 나아갔다. 요사채 뒷벽에 그려진 조잡한 그림이 눈에 띄었다. 무심코 그림 을 보는데, 그 속에 꿈에 보았던 바로 그 흰 소가 있었다. 숨이 탁 끊겼다. 얼어붙은 듯 그 자리에 섰다. 심우도(尋牛圖)였다. 우람 한 바위를 돌고 돌며 우당탕탕 흐르는 물소리와 낮뻐꾸기 울음소 리만 흥건하게 깔리고 있는 내원사 요사채의 뒷벽에 심우도가 펼 쳐져 있었고 나는 그 속으로 빨려들어갔다. 심우도는 본성을 찾 는 것을 소를 찾는 것에 비유하여 그린 열 폭의 선화(禪畵)이다. 심우(尋牛), 견적(見跡), 견우(見牛), 득우(得牛), 목우(牧牛), 기 우귀가(騎牛歸家), 망우존인(忘牛存人), 인우구망(人牛俱忘), 반본 환원(返本還源), 입전수수(入廛垂手)를 모두 일컬어 심우도라고 불렀다. 누가 그렸는지 알 수 없지만 그림은 초등학교 일학년의 솜씨를 조금 넘기고 있었다. 형편없는 솜씨의 그림 속 흰 소 앞에 서 나는 움직일 수가 없었다. 박범신이 떠올랐고, 김지하가 떠올랐다. 박범신의 소설을 읽으며 울다가 염치불구하고 그에게 전화를 했던 기억이 새삼스러웠다. 왜 그랬을까? 그후론 부끄러움 때문에 얼굴 대하기가 어려워 내 쪽에서 먼저 피하기도 했다. 흰 소의 등에 탄 소년이 구멍 없는 피리를 불고 있는 그림을 하염없이 보고 있는데, 김지하가 『애린』에서 소를 찾아 나서는 첫 마음을 노래했던 구절이 마음 깊은 곳에서 너울너울 떠올랐다.

　　우거진 풀 헤치며 아득히 찾아가니
　　물은 넓고 산은 멀어 갈수록 험하구나
　　몸은 고달프고 마음은 지쳐도 찾을 길 없는데
　　저문 날 단풍숲에서 매미 울음 들려오네.

　80년대 중반, 대학생이었을 때 나는 김지하가 그토록 찾던 애린에 대해 이해하질 못했고 심지어는 비난도 서슴지 않았다. 그만 목이 메었다. 흰 소를 더는 바라볼 수가 없어 고개를 숙였다. 지난 삶이 너무 부끄러워 속울음이 터져나오려는 것을 간신히 막아냈다. 지난밤, 꿈길에서 보았던 흰 소의 흔적을 따라 내원사를 떠나 장당계곡으로 올라갔다. 겨우 오 분이나 걸었을까? 국립공원 직원이 나를 막았다. 출입을 허가받지 않으면 장당계곡에 올라갈 수 없다고 했다. 우람한 바위와 바위틈으로 깊고 맑은 물이 인간의 손길을 타지 않고 흐르는 장당계곡은 출입금지 지역이었다. 나는 직원의 말에 동의했다. 출입금지 이유가 너무도 분명해서 공손하게 인사하고 돌아섰다. 금지된 산행을 포기했더니 아쉬움이 정말 컸다. "여보슈!" 국립공원 직원이 나를 불렀다. 고개를 돌려 그를 보았다. 그가 고개를 끄덕였다. 나는 눈을 크게 떴다. "다녀 오슈." "아이고 감사합니다." 나도 모르게 꾸벅 절을 했다. 그가 웃으며 손짓으로 장당계곡을 가리켰다. 나는 기쁘게 계곡 안으로 들어섰다. 과연 출입금지 지역답게 사람의 손때가 묻지 않아 계곡은 보존이 잘 되어 있는 편이었다. 흔하디흔한 '가든' 이라는 이름의 음식점이나 러브호텔이 한 채도 보이지 않아 너무 깨끗했다. 시멘트 길도 없었고 드나드는 차도 없었다. 자연 그대로의 풍경을 고스란히 간직하고 있는 계곡 속으로 성큼성큼 들어 갔다. 황홀한 비경이나 절경은 없었다. 얼마간 걷다보니 무너진 초가들과 묵힌 논밭이 자주 눈에 띄었다. 가끔 검은 염소들이 산기슭을 자유롭게 뛰어다니며 호기심 어린 눈초리로 나를 탐색했다. 염소들은 나를 빤히 쳐다보다가 내가 가까이 다가가면 휘리릭 바람처럼 사라지곤 했다. 이 계곡의 끝에 석남사가 있었고, 그 관음절벽에 내원사의 비로자나불이 있었다던데. 혹시 흰 소가 거기에서 오지 않았을까? 이런저런 생각으로, 스스로를 채찍질하며 숨이 턱에 차도록 마냥 걸었다. 그리고 장당계곡의 끝에서 나는 마침내 석남사가 아닌 화전민의 너와집과 만났다. 석남사를 지키고 있을 고승 대신에 일흔이 넘은 할머니 한 분이 느닷없이 나타났다. 화전민의 습성을 버리지 못하고 꼬부라진 허리를 두 손으로 받치며 화전을 일구고 살아가는 할머니는 나를 보자 무척 놀라더니 염소처럼 경계하였다. 나는 가만히 너와집 마당에 놓인 나무 그루터기에 앉아 어미닭이 노란 병아리를 끌고 다니는 것을 보며 담배를 피웠다. 배가 고팠다. 아침도 점심도 안 먹었으니 심한 허기에 뱃가죽이 등에 착 달라붙은 느낌이었다. 입에는 쓴 침이 고여 있었다. 할머니는 나를 슬슬 피했다. 용기를 내어 가까이 가서 "할머니 배가 고픈데, 혹시 고구마라도 있으면 좀…… 돈은 낼게요"라고 말했다. 할머니는 "끄응" 소리를 내며 나를 피했다. 사람을 피하는 할머니를 자꾸 괴롭히는 것도 예의가 아니었다. 남편도 자식들도 모두 떠난 깊고 깊은 계곡 끝에 홀로 사는 할머니의 굵은 주름살과 경계하는 눈빛을 본 것만으로도 행운이라면 행운이었다. 할머니의 자글자글한 주름살 속에 담긴 생의 고단함에 가슴이 뭉클해졌다. 이제 다시 계곡을 내려가 사바세계로 가야 한다는 생각이 들어 몸을 일으켰다. "돈, 그까짓 거…… 고구마는 엄꼬, 씨근 밥이 쪼매 있고, 아이구야 내 정신 쫌 봐라, 라멘이 있는데." 할머니가 거의 직각으로 허리를 구부린 채 내 앞에 서서 말했다. "고맙습니다. 할머니." 나는 얼른 절을 했다. 할머니는 부엌으로 들어가 가마솥에 물을 붓고 솔가지를 꺾어 불을 지폈다.

그때, 가마솥에 끓인 라면은 세상에서 제일 맛있는 음식이었다.

그 라면 맛을 잊을 수가 없다.

장당계곡을 내려오면서 이번에도 소설 원고를 보내주긴 틀렸다고 생각했다. 원고를 기다려준 편집자에게 미안했다. 어떻게 변명을 해야 할지…… 내원사로 가서 비로자나불을 본들, 아니면 더 깊은 곳으로 들어가 오직 소설만 생각하며 치열하게 창작에 몰두해본들 이번에는 아니라는 생각이 들었다. 지난 일 년 동안 한 문장도 만들어내지 못한 까닭을 곰곰이 따지기로 하였다. 가장 먼저 너무 오랫동안 지식인 행세를 했다는 데 생각이 미쳤다. 행세……그랬다. 행세였다. 불평불만과 질투만 가득했었고, 공격적이었다. 정말이지 '삼거리 술집의 삶은 고기처럼 순하고 싶었다. 너무나 교조적인 삶이었으므로 미풍에 대해서도 사나웠으므로'.*

봉구가 보고 싶었다.

2

낙지 한 접시가 상 위에 놓였다.

접시 안의 낙지는 잘게 토막이 난 상태로 끊임없이 꿈틀거렸다. 새끼손가락 길이의 낙지 토막들은 맹렬하게 서로 뒤엉키고 있었다. 언제였던가? 라면땅 한 봉지면 충분히 행복했던 시절, 된장 항아리 뚜껑을 열자 그 속에 허옇게 들어 있던 구더기떼가 떠올랐다. 꿈틀거리는 함박눈이라고 해야 할까, 아니면 잠실의 선반에서 하염없이 꾸물거리며 뽕잎을 사각사각 갉아먹던 누에

---

* 고은의 시 「자작나무 숲으로 가서」 중에서.

무리라고 해야 할까? 낙지 토막 하나가 접시 밖으로 슬금슬금 기어나왔다. 젓가락으로 집었다. 낙지 토막은 빨판을 접시에 밀착하고선 떨어지지 않으려고 거세게 반항했다. 그 바람에 접시가 들썩거렸다. 앞에 앉은 봉구가 얼른 접시를 잡았다. 간신히 접시에서 낙지 토막을 떼어내 기름소금에 찍어 입에 넣었다. 낙지 토막은 재빠르게 입천장에다 빨판을 붙였다. 씹기가 거북할 정도로 힘이 센 토막이었다. 소주를 털어넣어도 토막은 완강하게 버텼다. 혀를 굴려가며 어금니에 걸린 토막 끝을 부리나케 씹었다. 봉구도 낙지 토막을 집었다. 여러 토막이 한꺼번에 붙어 올라왔다. 봉구는 붉은 초장에다 서로 뒤엉켜 꿈틀거리는 낙지 토막을 넣었다. 초장에 들어간 낙지 토막들은 자극을 받아 더욱 세차게 꿈틀거려 마치 잘 익은 떡볶이처럼 버무려졌다. 봉구가 소주잔을 들었다. 나도 잔을 들어 가볍게 부딪쳤다. 봉구는 소주를 한 입에 털어넣고 초장 속에서 버무려진 낙지 토막을 건져내 씹었다. 여전히 힘을 잃지 않은 낙지 토막 하나가 봉구의 입술을 비집고 나와 턱으로 내려갔다. 봉구는 엄지와 검지로 토막을 떼어 입 안에 넣었다.

"아따, 이놈의 새끼들, 징허네 징혀!"

하면서 봉구는 얼른 소주 한 잔을 더 마셨다. 그 모습을 보고 나는 피식 웃었다. 팍팍한 이 길을 가면, 흰 소가 있을까? 봉구의 얼굴은 햇볕에 잘 그을린 구릿빛이었다. 키는 작지만 어깨가 떡 벌어져 영락없는 막일꾼이었다. 어금니 두 개와 앞니가, 위 아래로 세 개씩 도합 여덟 개의 이가 의치인 봉구는 보일러 배관공이었다. 사당동 산24번지 시절부터 함께 자랐으니 웬만한 속내는 표정만 보고도 알아차릴 수 있는, 둘도 없는 불알 친구였다. 중학교만 졸업하고 공부하기가 싫어 곧장 공사판을 전전했고, 내가 고등학교를 졸업하던 무렵에는 사우디아라비아로 나가 사막의 공사판에서 막노동을 했다. 그후로도 리비아며 쿠웨이트를 제 집 드나들 듯했다. 목포가 고향인 봉구는 초등학교 이학년 때 서울로 올라왔는데 지금도 사투리를 쓰고 있다.

"싱싱해서 좋다야."

정작 말은 그렇게 했지만 나는 낙지를 먹기보다는 바라보고만 있었다. 토막난 낙지는 여전히 살아 있는 것처럼 꿈틀거리고 있었다. 이 낙지는 살아 있는 것일까, 죽은 것일까? 문득 그런 생각이 뇌리를 스쳤다. 느닷없이 장국영이 떠올랐다. 작년, 늦은 봄에 장국영은 자살했다. 좋아하고 사랑했던 홍콩의 영화배우, 장국영이 죽었다는 소식을 나는 국회 앞에서 이라크 파병 반대 시위를 하다가 들었다. 피켓을 들고 가던 어떤 여대생이 제 친구에게 툭 내뱉은 말 속에 장국영의 죽음이 들어 있었다. 그 소리를 듣자마자 국회 앞의 뜨거운 아스팔트를, 파병 반대 피켓과 현수막과 구호가 난무하는 시위 현장이 마치 물 위에 떠 있는 연극무대처럼 느껴졌다. 내 발은 땅을 떠나 물 속에 잠겨 있었다. 아무소리도 들리지 않았고 아무것도 보이지 않았다. 거짓말이야, 거짓말. 이런 생각을 했던가? 장국영의 죽음을 왜 슬퍼해야 했는지 이유도 제대로 알지 못한 채 나는 속수무책으로 슬펐다. 마약에 취한 듯한 목소리로 노래하고 흐느적거리는 몸짓으로 춤을 추던, 내 마음속의 장국영을 무언가에 빼앗겼다는 박탈감에 허적허적 걸어가는데 문득 지리산 내원사 비로자나불이 아스라이 떠올랐다. 형태만 간신히 남았고 실상을 볼 수 없었던 천년의 돌덩어리가 묵직하게 내 가슴에 얹혔다. 옛사랑과 새 사랑 사이에서 고민하던 장국영이 죽었다는 소식을 듣고 눈물을 펑펑 흘리며 울던 홍석천의 붉게 상기된 빡빡머리가 접시 속에서 꿈틀거리고 있는 낙지 토막 위에 영화처럼 떠올랐다가 스러졌다. 이제 낙지 토막들은 접시를 떠나 술상 위를 기어가고 있다. 봉구는 접시를 떠난 낙지 토막을 부지런히 집어 입으로 가져갔다. 그러다가 힘에 부치면 기름소금이나 초장에다 넣었다. 접시 속의 낙지 토막들은 서로 뒤엉켜 팔팔한 기세를 보이고 있었다. 몇 달 전부터 전주에서 일을 하고 있는 봉구가 새로 만난 전봇대에 대해 이야기를 했다. 새롭게 만난 전봇대는 광주에 살고 있는데, 이틀이 멀다 하고 봉구를 만나러 전주로 달려온다는 얘기였는데, 그 소리가 귓바퀴에 걸려 잘 들어오지 않고 있었다. 내 관심은 낙지였다. 고개를 돌려 수족관의 유리벽에 붙어 있는 낙지를 보았다. 몸통과 다리가 온전한 수족관 속의 낙지와 매서운 칼질을 당하고 토막으로만 존재하는 접시 속의 낙지. 수족관에서 눈을 돌려 접시에 눈길을 던졌다. 물끄러미, 하염없이, 속수무책으로 꿈틀거리며 뒤엉키고 어딘가로 기어가는 토막들을 보며 생각에 잠겼다. 이 낙지는 살았을까, 죽었을까? 살았다고 하자니 낙지의 형체가 온전히 사라졌기 때문에 고개를 끄덕일 수가 없었고, 죽었다고 하자니 여전히 꿈틀거리며 살아 있음을 주장하고 있는 접시 안의 토막들 때문에 동의가 불가능했다. 전체는 분명히 죽었는데 일부만 꿈틀거리며 살아 있다고 주장하는 낙지, 이 순간만큼은 연체동물의 특성 운운하는 생물학적인 분석을 초월하고 싶었다. 죽음을 거부하고 세상의 모든 것에 빨판을 강력하게 붙이고 저항하며 꿈틀거리는 토막들, 혹은 죽음을 피해 지렁이처럼 세상 밖으로 기어가는 토막들…… 나는 살아 있고 싶었다. 지난 일 년 동안 나는 단 한 문장도 만들어내질 못했으니 감히 살아 있다고 주장할 순 없었다. 계절마다 돌아오는 계간지의 원고 청탁을 받기는 했지만 끝내 소설을 만들어내지 못하는 실패의 순간을 연달아 맛보았다. 실상사를 떠나 산청까지 걸어갔다가 나는 간절한 마음으로 봉구에게 전화를 했다. 어디에서 소를 찾을 것인가? 나를 떠난 소는 서울의 뒷골목이나 혹은 지리산 실상사 어디쯤에서 홀로 어슬렁거리고 있을까?

"아따 거시기허게 머기시허냐?"

봉구가 생각에 잠긴 나를 툭 건드렸다. 고개를 들어 봉구를 보며 피식 웃었다.

"그냥."

마땅히 할말이 없어 다시 피식 웃었다.

"그냥 쐬주나 한 잔 찌끌어부리자."

봉구가 소주병을 들고 얼른 잔을 비우라며 고갯짓을 했다. 반쯤 남은 소주를 천천히 마셨다. 혀끝에 단맛이 돌았다. 이러다가 오늘 대취할 수도 있겠구나, 라는 생각을 하며 봉구를 향해 빈 잔을 내밀었다. 봉구는 넘치게 잔을 채웠다. 소주병을 받아 봉구의 잔에도 출렁거릴 정도로 소주를 채웠다. 봉구가 건배를 하자며 잔들 들었고, 잔을 부딪친 뒤 말끔하게 비웠다. 입 안 가득 느껴지는 소주의 단맛 때문에 접시에서 꿈틀거리고 있는 낙지에는 젓가락도 대지 않았다. 의치로 낙지를 씹고 있는 봉구를 보고 있자니 그 시절에서 참 멀리도 왔다는 생각이 들었다.

내가 군대에서 말년 휴가를 나왔을 무렵, 봉구도 사우디에서 막 돌아왔다. 나중에 들은 얘기지만, 머나먼 사막에서 착실하게 봉급을 송금했기에 서울에 돌아오면 철물점 하나는 차릴 수 있겠다는 부푼 꿈을 안고 비행기에서 내렸다. 스물에 사막으로 가서 스물둘에 돌아왔으니 햇수로 꼬박 삼 년이었다. 봉구는 행복했다. 맨 먼저 친구들을 만나 마음껏 술을 퍼마시고, 용산역 앞 창녀촌에 가서 아랫도리가 얼얼할 때까지 여자를 사고, 흑산도나 임자도에 가서 바다를 보며 날마다 낚시를 하는 꿈에 젖어 버스를 타고 사당동으로 향했다. 어머니를 비롯한 식구들이 김포공항으로 마중을 나오지 않은 것은 하나도 섭섭하지 않았다. 지금껏 마중이나 배웅 같은 것을 해본 적이 없는 식구들이었다. 봉구는 그런 것은 노가다나 상놈한테는 어울리지 않는 것으로 알고 있었다. 그래서 섭섭하지도 않았다.

낡은 작업복, 군화처럼 생긴 작업화, 친구들한테 선물할 양담배, 속옷이며 양말이 든 큼직한 여행가방을 끌고, 어깨에는 당당하게도, 너무 커서 한국에서는 구경하기도 힘든, 여행가방 크기의 일제 샤프 카세트를 멨다. 에프엠 라디오는 물론이고 듣고 싶은 곡을 선택해서 들을 수 있는 최신식 기술이 모두 모인 최첨단 카세트를 사람들은 부러운 눈길로 쳐다보았다. 봉구는 마치 장군이나 된 기분으로 골목에 들어섰다. 집이 가까워지자 가슴이 마구 뛰었다. 지금껏 살아오는 동안 이토록 행복했던 적이 있을까 싶었다. 돼지비계가 둥둥 뜬 김치찌개, 매운 풋고추만 넣고 부친 전, 김이 모락모락 오르는 하얀 쌀밥을 생각하니 군침이 살살 돌았다. 군침을 꿀꺽 삼키고 봉구는 어깨에 멘 카세트를 내려 플레이 스위치를 꾹 눌렀다. 송대관의 〈해뜰 날〉이 스피커에서 쏟아졌다. 봉구는 음량을 최대한으로 높였다. 순간, 최첨단 카세트의 질 좋은 스피커가 쿵쾅거리며 "쨍하고 해뜰 날 돌아온단다"를 노래했다. 봉구는 그렇게, 마침내 집으로 돌아왔다는 사실을 알렸다. 사당동 89번 종점에다 철물점을 차려놓고 보란 듯이 떵떵거리며 살겠다는 소망으로 개선장군이 되어 봉구는 쨍하고 해뜬 날 집으로 들어갔다. ……그런데 버선발로 뛰어나와 "내 새끼 왔냐?"며 반겨야 할 어머니는 물론이고 동생들까지 보이지 않았다. 순간 꼭지가 핑 돌 정도로 머리에서 열이 확 솟구쳤다. "봉식아, 이 씨벌놈아!" 봉구는 연립주택 지하로 내려가는 계단 위에서 버럭 소리를 질렀다. 대답 없는 메아리만 계단을 울렸다. 왜 이렇게 조용하지? 무슨 일이 생겼나? 그때 문이 비죽하게 열리면서 큼직한 딸기코가 불쑥 나왔다. "봉구 왔냐?" 참으로 심심한, 아무런 감정이 담기지 않은 목소리의 주인공은 바로 아버지였다. 무뚝뚝한데다 주정뱅이 딸기코로 살아가는 아버지의 무능력한 얼굴을 맨 먼저 볼 줄은 꿈에도 몰랐다. "엄마는요?" 삼 년 만의 부자상봉은 그렇게 시시하게 이루어졌다. 엄마가 있어야 눈물 콧물 뒤섞어 감격적인 상봉을 연출할 텐데, 아버지는 문틈으로 얼굴을 내밀고 가방을 받아주지도 않고 감동적인 말 한마디도 없이 봉구를 멀뚱멀뚱 쳐다볼 뿐이었다. 그제야 비로소 봉구는 집으로 돌아왔다는 사실을 뼈저리게 실감했다. 엄마는 한푼이라도 벌겠다며 늘 밖에 나가 있었고, 동생들은 나팔바지를 입고 동네를 쏘다니는 바람에 언제나 술냄새에 찌든 아버지만 컴컴한 방에 있던 집. 그 집으로 마침내 돌아온 것이었다. 봉구는 아버지를 밀치고 연립주택 지하의 방 두 칸짜리 집으로 들어갔다. 말라비틀어진 걸레가 맨 먼저 눈에 띄었고, 이어서 개수통 가득 설거짓거리가 보였다. 발바닥에 밟히는 과자 부스러기에 자신도 모르게 "씨벌!" 하며 욕설이 터져나왔다. "엄마는요?" "병원에 갔다." "왜요?" "내가 우치케 안다냐?" "아따 씨벌, 나가 진짜 집구석으로 왔구마이." 그대로 돌아서 나가버리고 싶었다. "사당의원 갔어요?" "갈 디가 거그밖에 더 있겄냐?" 봉구는 집을 나와 남성시장통에 있는 사당의원으로 갔다. 사당의원에 어머니는 없었다. 느닷없이 막막해진 봉구는 잇새로 침을 찍찍 내갈기며 담배를 꼬나물었다.

그때 나는 전곡역에서 말년 휴가 열차를 타고 있었다.

모르겠다.

낙지가 살았는지 죽었는지, 장국영은 어찌하여 오래된 사랑을
두고 새로운 사랑을 찾아야 했는지, 국회 앞 뜨거운 아스팔트 위
에서 시위를 하다가 왜 느닷없이 절망스러웠는지, 왜 전주에서
일을 하고 있는 봉구가 간절히 그리워져서 전화를 걸어 기어이
서울로 올라오게 만들었는지. 봉구는 방화동의 집에 들르지도 않
고 막차를 타고 전주로 내려가겠다고 했다. 봉구한테 몹시 미안
했다. 내가 함께 전주까지 동행하겠다고 했더니 "되었네, 씨벌놈
아"라는 말로 거절했다. 봉구의 친숙한 욕을 들으니 꽉 막혔던 숨
통이 조금은 트이는 기분이었다. 사실 내 속셈은 따로 있었다. 봉
구와 함께 전주로 갔다가 그곳에서 남원을 거쳐 지리산으로 가고
싶었다. 막차를 타고 전주로 간다면 그것만큼 좋은 기회는 없을
터였다. 다시 한번 실상사에 가서 새벽마다 예불을 올리거나 아
니면 삼천 배라도 올리고 싶었다. 부처님에 대한 예배가 아니라
나 자신에 대한 채찍질로 삼고 싶었다.

"야, 이게 죽은 걸까 산 걸까?"

접시 속의 낙지를 가리키며 물었다. 봉구가 나를 슬쩍 쳐다보
았다. 봉구의 눈빛 속에 언뜻 비웃음이 담겨 있는 게 느껴졌다.

"거참, 씨벌놈이시. 눈깔이 썩었응게 보이겄냐? 아휴우 씨부
럴, 보면 몰러? 움직이는 놈들은 살았고이, 멈춘 놈들은 뒤져부

렀지. 멈추면 죽응게 움직이는 거시여. 알아묵었냐?"

봉구의 말에 속으로 깜짝 놀랐다. 왜 그걸 생각 못 했을까? 간
단하게 보면, 보이는 것을 왜 어렵게만 보려고 들었을까? 나는 내
가 지겨워졌다. 연거푸 소주 두 잔을 들이켰다. 봉구가 그런 나를
빤히 쳐다봤다. 나는 말없이, 봉구와 함께 보낸 그 시절들을 추억
했다.

보안대에 끌려갔다가 죽지 않을 만큼 당하고 부대로 돌아와 일
주일이 지나자 한 달이나 미뤄졌던 말년 휴가 명령이 떨어졌다.
말년 휴가 첫날, 집에 도착한 나는 죽은 듯이 잠에 빠져들었다. 하
루를 몽땅 잠에만 빠져 있자 어머니가 나를 깨웠다. 일어나니 잘
차린 밥상이 놓여 있었다. 어머니의 애원에 못 이겨 겨우 몇 숟갈
만 깨작거리고 밥상을 물렸다. 어머니는 봉구가 사우디에서 돌아
왔다는 것과 봉구 어머니가 사기를 당해 그 동안 모아놓은 돈을
몽땅 떼였다는 것, 봉구가 막상 돌아온다는 말에 농약을 먹고 죽
으려고 했지만 실패해서 병원에 있다는 말을 주섬주섬 섬겼다.
그 말을 들으며 나는 이부자리로 픽 쓰러졌다. 아무 생각 없이 잠
만 자고 싶었다. 눈을 뜨면 보안대 지하실의 하얗고 차디찬 형광
등, 흰색 벽, 야전침대, 볼펜과 갱지가 아프게 살아나 망막을 찔렀
다. 모든 것을 포기하고 도망치고 싶었다. 나는 의지가 강한 사람
이 아니었다. 고문을 이길 정신력도 가지고 있지 못했다. 수사관
들은 잠을 재우지 않았다. 완강한 시멘트벽에 갇혀 두려움과 불
안 때문에 남몰래 울었다. 그리고 닷새 만에 비몽사몽 상태에서

그들에게 항복을 선언했다. 내 입에서 튀어나온 이름들, 그 이름들 때문에 괴로웠다. 잠이 오지 않으면 수면제를 사다 먹었다. 내가 다니던 대학에는 도무지 갈 염치가 나질 않았다. 수면제를 먹고 이틀쯤 잤을까? 봉구가 찾아왔다. 아직 수면 상태에서 빠져나오지 못해 어질어질한 나는 봉구의 손에 이끌려 곧장 초원다방으로 갔다. 고등학교 시절, 초원다방은 우리들의 아지트였다. 나는 의자에 몸을 파묻고 초원다방의 익숙한 풍경에 안도의 숨을 내쉬었다. 봉구는 차를 나르고 있는 레지들의 엉덩이를 보며, "사과처럼 맛있게 생겼구마이, 조년은 더럽게 펑퍼짐하구마이, 참 거시기혀부리네, 워메 짝 쪼개부렀으면 좋겄구마이" 등등의 품평을 하고 있는데 불알 친구들이 하나씩 나타났다. 그날 모인 친구들이 누구였는지 중요하지 않다. 일차로 남성시장에서 순대와 막걸리를 마셨고, 이차로 초원다방 옆 실비집에서 소주를 마셨다. 실비집에서 나올 때 술값이 없어서 신학대학에 다니던 창수가 롤렉스 시계를 손목에서 풀었다. 삼차를 가자고 막무가내로 주장한 것은 누구보다 많이 취한 봉구였다. 친구들은 휴가를 나온 나보다 봉구를 더 안쓰러워하고 있었다. 낮에는 뜨거운 태양과 밤에는 혹독한 추위와 싸우며 사막에서 번 돈이 주머니에 한푼도 남아 있지 않은 봉구에 대해 모두들 안타까워하고 있었다. 우리가 봉구를 동정하는 줄도 모르고 봉구는 잔뜩 폼을 잡고 매미집이 즐비하게 늘어선 골목으로 들어갔다. 봉구는 매미집 골목을 누비며 불쌍한 군바리한테 여자 맛이나 보게 해주자는 주장을 되풀이

했다. 누구도 봉구의 주장에 선뜻 동의하지 않았다. 돈이 없었기 때문이었다. 나도 그냥 집으로 가자고, 집에 가서 라면이나 끓여 소주나 마시자고 봉구를 말렸다. 창수는 이미 롤렉스를 실비집에 맡긴 뒤였다. 모두들 주머니에 먼지뿐이었지만 봉구한테 끌려 매미집으로 갔다. 봉구가 워낙 당당하게 나가는 바람에 비상금이라도 꼬불쳐둔 것으로 알았다. 아가씨들을 부르고 싸구려 양주인 나폴레옹을 마셨다. 봉구는 아가씨들의 젖가슴을 주물렀고 치마 속으로 손을 넣어 은밀한 곳도 마음껏 만졌다. 모두들 취했고 통행금지 시간이 가까워지자 매미집 주인이 술값을 계산하라고 나섰다. 서로 얼굴만 쳐다보았다. 어색한 침묵이 흘렀다. 그러자 주인 남자의 얼굴이 험상궂게 일그러졌다. "아, 씨바! 아자씨, 뻰찌 좀 가져오씨요이!" 봉구가 주인 남자한테 말했다. "느닷없이 뻰찌는 왜?" 내가 물었다. "나헌티 금덩어리가 두 개나 안 있냐, 니들은 걱정 마라부러!" 봉구가 호기 있게 말했다. "어디에?" 의심쩍은 눈초리로 창수가 물었다. "어금니 두 쪽." 봉구의 말에 나는 피식 웃고 말았다. "뻰찌 없다냐? 야 니네 가게에 가서 뻰찌 좀 싸게싸게 가꾸 와라이!" 봉구는 가구점에서 일하는 경호를 닦달해 기어이 뻰찌를 가져오게 만들었다. 경호가 뻰찌를 가져오자 봉구는 어금니 두 개를 뽑겠다고 입을 쩍 벌리고 뻰찌를 집어넣었다. 그걸 보더니 창수도 경호도 슬금슬금 달아나버렸다. 내가 아무리 말려도 소용이 없었다. 한참을 낑낑거리더니 짧은 비명과 함께 봉구가 어금니를 뽑았다. 아무리 만취했다고는 하지만 어처구니

가 없었다. 봉구는 어금니를 잘 씻은 뒤 그걸 주인 남자한테 내밀
었다. "이걸로는 안 돼. 이게 금덩어리도 아니고, 겨우 금맥기만
입힌 거라서 택도 없어." "그려요? 아 씨바 좆 되야부렀네." 봉구
는 머리를 박박 긁었다. 입술 사이로 피가 철철 흘렀다. "쬐께만
지달려라이." 봉구가 매미집을 나갔다. 나는 매미집의 좁은 방에
앉아 아가씨들의 매서운 눈초리를 받으며 멀뚱하게 앉아 있었다.
잠시 후 봉구는 일제 카세트를 어깨에 메고 나타났다. 매미집 주
인 남자의 얼굴이 환하게 펴졌다. 그 밤, 나는 술집 여자와 함께
여인숙으로 가야만 했다.

"얌마, 나가자."
봉구가 벌떡 일어서서 생각에 잠겨 있던 나를 깨웠다.
"어딜?"
앉은 채로 내가 물었다.
"넌 새끼야, 쐬주 앞에 놓고 제사 지내부냐? 아우 씨바, 재미없
어. 전봇대나 만나러 가불자."
"전봇대?"
"안산에 노래방 가면 끝내주는 도우미 전봇대들이 나와부러.
글루 가불자."
"안산? 너무 멀잖아?"
"멀기는 씨바. 니네들 먹물들은 너무 따져서 탈이랑게. 멀면 을
매나 멀겄냐? 택시 타불면 끽혀야 시간 반인디. 싸게 인나야!"

할말이 없었다. 술집에서 나오자마자 봉구는 택시를 잡아 나를 밀어넣었다. 택시를 타고 안산으로 가면서 나는 또 이런저런 잡념에 빠져들었다. 잡념에 빠져서 잡념에 빠지지 말았으면 좋겠다는 잡념에 사로잡히기도 했다. 택시 안에서 봉구는 안산에 살고 있는 창수한테 나오라고 전화했다. 나는 그제야 창수가 안산에 살고 있다는 것을 떠올렸다. 역시 의리의 사나이 봉구였다. 창수는 안산 원곡동에 살고 있었다. 원곡동에서 외국인 이주노동자를 위해 목회활동을 하며 쉼터까지 제공하고 있었다.

"창수 새끼 못 나온다네. 시방 외국인 노동자들 데불고 서울에 있다네. 창수 고 새끼는 예배당이나 여의도 순복음교회처럼 크게 키울 생각은 허덜 않고, 헌금도 못 내는 불법체류자들 뒤나 봐주고 있응게, 되겠냐? 아우 씨바 속 터져!"

생각해보니 창수를 만나지 못한 지도 꽤 되었다. 창수의 롤렉스 시계는 끝내 술집 서랍에 갇혀 햇빛 구경을 못 하고 말았다. 술 좋아하는 친구들 때문에 창수는 손목에 시계를 차고 있을 틈이 없었다. 어찌어찌해서 돈을 마련해서 시계를 찾으러 갔다가, 그 자리에서 곧장 술상을 봤기 때문에 나올 때는 여전히 빈 손목이었다. 그리웠다. 택시가 안산역에 도착했다. 봉구는 근처에 있는 월드컵 노래방으로 들어갔다. 노래방은 허름했고 큼큼한 냄새까지 배어 있어서 나가고 싶은 마음이 굴뚝이었다. 잠시 후 봉구가 말했던 도우미 전봇대들이 들어왔다. 노래방 총각이 맥주를 맥주가 아닌 것처럼 위장하여 가져왔다. 도우미들은 이십대 초반으로 보였다. 날씬한 몸매에 그럭저럭 봐 줄만한 미모를 가진 전봇대와 통통한 몸매에 키가 작아 한 뼘 가까이 되는 통굽 신발을 신은 전봇대가 수줍게 인사했다. 봉구는 평소의 신념대로 못생긴 전봇대를 골랐다. 술집 여자, 창녀 등과 같이 몸을 파는 여자일수록 못생긴 것을 골라야 서비스가 최고라는 신념을 가진 봉구였다. 잘난 년들은 온갖 놈들이 하도 건드려서 맛도 없을뿐더러 얼굴값 한답시고 서비스도 빵점이라는 말을 봉구는 입에 달고 살았다. 맥주로 목을 적신 봉구가 먼저 〈해뜰 날〉을 불렀다. 못난 전봇대가 봉구 옆에 찰싹 붙어서 애교 있게 몸을 흔들며 춤을 췄다. 조금 잘난 전봇대는 옆에서 흥을 돋우었다. 나는 자리에 앉아 맥주를 홀짝홀짝 마시다가 세상의 모든 여자를 전봇대라고 부르는 봉구를 생각하며 빙그레 웃었다.

전봇대…… 봉구는 일을 하러 지방에 가게 되면 제일 먼저 식당 아줌마나 다방 레지를 꼬셨다. 식당 아줌마는 반찬이 좋아지니까 반드시 꼬셔야 되는 것이고, 다방 레지는 밤에 심심하지 않게 해주니까 꼭 필요한 존재라는 이유가 뒤따랐다. 봉구처럼 키도 작고 돈도 많지 않은 사람이 어떻게 여자를 꼬시는지 나로서는 도무지 그 비결을 알 수 없었다. 하지만 봉구는 여자 꼬시기를 소주에 삼겹살 먹듯이 해냈다. 충청북도 제천으로 일을 하러 갔을 때였다. 봉구는 제천 버스터미널 앞에 있는 서울다방의 아가씨를 이틀 만에 꼬셨다. 이미 유부남이었지만 그런 것을 따지는 사내는 아니었다. 하루는 일을 마치고 식당에서 저녁을 먹으면서 소주를 마셔 얼근하게 취했다. 술이 기분 좋게 오르자 여자 생각이 간절했다. 여관으로 돌아와 다방으로 전화를 걸었다. 아가씨가 커피 배달을 오기로 했기에 얼른 빈 방을 구했지만 그날따라 손님이 많았다. 서울에서 데리고 온 일꾼들과 함께 쓰는 방이라 아가씨를 들일 수도 없었다. 하는 수 없이 봉구는 고무줄이 헐렁한 운동복에 여관에서 신는 슬리퍼를 찍찍 끌고 여관을 나섰다. 잠시 후 아가씨가 쟁반 보따리를 들고 나타났다. 봉구는 대뜸 한 번 하자고 손을 잡았다. 아가씨도 봉구가 싫지는 않은지 봉구가 이끄는 대로 따라왔다. 봉구는 버스터미널 주차장으로 갔다. 이미 막차도 떠난 지 오래여서 주차장은 텅 비어 있을 것이라고 봉구는 짐작했다. 주차장에 도착해 버스 범퍼에 아가씨를 앉혀놓고 한 번 하면 끝내줄 것만 같아 입이 다물어지지 않았다. 콧노래를 부르며 마침내 주차장에 도착했다. 구석에 주차된 완행버스를 찾아 가고 있는데 어디선가 살과 살이 부딪치는 소리가 들려왔다. 고양이처럼 살금살금 걸어가봤더니 먼저 온 손님들이 열심히 서로 살을 섞고 있었다. 쩝, 봉구는 입맛을 다시고 돌아서야만 했다. "주차장도 예약을 혀부러야 되는 구마이?" 봉구는 레지를 데리고 한적한 곳을 찾아 제천 시내를 거닐었다. 아가씨는 시간이 없다며 투덜거렸다. "손목아지에 걸린 시계만 없으면 시간은 널널해부러야. 쬐께만 참아라이!" 좀체 한적한 곳이 나타나지 않았다. 한참을 걷다가 이렇게 밤을 꼬박 새우면 내일 일에 지장이 있을 거라는 생각이 불쑥 들었다. 그때 마침 앞에 전봇대가 보였다.

봉구는 아가씨의 손에 들린 쟁반 보따리를 빼앗아 땅바닥에 놓았다. "전봇대 잡고, 치마 올리고, 빤스 내려!" 봉구가 엄숙하게 말했다. "왜요?" 아가씨가 놀란 눈으로 물었다. "시간이 없다며? 바쁜디 싸게싸게 싸부러야지 이년아!" 봉구가 말했다. 간단한 이 말에 아가씨가 어떻게 설득되었는지 그것은 오직 봉구만이 알 뿐이었다. 그 얘기를 들으면서 친구들은 뻥치지 말라고 했지만 봉구는 뻥이 아니라 오직 그 말만 했다고 우겼다. 어쨌든 아가씨는 허리를 구부려 전봇대를 잡았고 치마를 내렸고 자그마한 삼각팬티를 발목에다 걸었다. 봉구는 '뒤치기'를 시작했다. 봉구가 힘껏 엉덩이를 놀리면, 아가씨의 머리가 전봇대에 쿵 받혔다. 속도를 올리면 '퍽쿵, 퍽쿵, 퍽쿵퍽쿵퍽쿵' 하며 소리도 빨라졌다. 봉구의 몸놀림이 빨라지자 아가씨가 교성도 질렀다. 그래서 소리도 '퍽쿵아으, 퍽쿵아으, 퍽쿵아으퍽쿵아으'로 바뀌었다. 어디에선가 못된 놈들이 불쑥 나타나 훼방이라도 놓으면 엄청 쪽팔린다는 생각에 봉구는 정신없이 엉덩이를 움직였고 마침내 아가씨의 몸 안에 질펀하게 사정했다. 봉구는 흡족했다. 아가씨의 엉덩이를 찰싹 두드리면서 "너도 혔냐?"라고 물었다. 그러자 아가씨가 "아우, 혹 났잖아요!" 하며 이마를 만졌다. "워디?" 하면서 봉구는 아가씨의 이마를 만졌다. 과연 볼록한 혹이 만져졌다. "흐흐" 하고 봉구는 웃었다. 아가씨는 발목에 걸려 있던 팬티를 걷어올리며 "아우, 축축해" 하며 봉구를 노려보았다. "전봇대가 다 그러제 이년아!"라고 말하고 봉구는 흐뭇하게 담배를 꺼내 물었다. 그때부터 봉구는 여자를 전봇대라고 부르기 시작했다.

"긴 하루 지나고 언덕 저편에, 빨간 노을이 물들어오면, 놀던 아이들은……"

나는 전인권의 〈사랑한 후에〉를 부르기 시작했다. 너무 높게 시작한 탓인지 몇 소절 부르지 않아 목청이 갈라졌다.

"워메 씨벌놈. 더럽게 느자구 없는 노래만 부르구마이."

봉구가 맥주를 마시며 비꼬았다. 봉구는 트로트를 무척 좋아했다. '느자구'가 무슨 뜻인지 정확하게 모르지만 봉구의 말대로라면 〈비 내리는 고모령〉이나 〈갈무리〉 속에는 '느자구'가 들어 있었다. 느자구 없다는 말에 나는 노래를 뚝 그쳤다.

"정말 느자구 없구마이. 근다고 볼쎄 거시기해불면 나가 거시기하잖냐?"

"딴 거 부를께, 새꺄!"

나는 얼른 노래책을 펼쳐 느자구 있는 노래를 찾았다. 검은 나비의 〈당신은 몰라〉를 찾아 번호를 누르고 다시 마이크를 잡았다.

"그려, 바로 그거여."

노래가 시작되자 봉구는 키 작은 전봇대를 데리고 나와 끌어안고 빙빙 돌았다. 노래를 부르며 봉구가 노는 꼴을 쳐다보았다. 봉구는 지금까지 한 번도 내 앞에서 '인생'이니 '사랑'이니 하는 말들을 내뱉은 적이 없었다. 딱 한 번 운 적은 있었다.

병원 응급실로 실려가는 것으로 죄사함을 받은 봉구 어머니는 팔랑거리며 동네를 쏘다녔고 봉구는 아무렇지도 않은 듯 낮에는 시내를 다녀왔고 밤에는 술을 마셨다. 보름의 말년 휴가를 하루 남겨놓았을 때 봉구는 아무렇지도 않은 투로 다시 중동의 모래밭으로 노가다를 떠난다고 말했다. 다음날 아침 일찍 봉구는 가방을 싸들고 쿠웨이트 행 비행기를 타러 집을 나섰다. 나는 봉구한테 미안했다. 매미집에서 어금니를 뽑은 뒤로, 봉구는 어금니에 대해 조금도 입 밖에 내질 않았다. 봉구 어머니는 겨우 대문 앞에서 배웅을 했고 내가 가방을 들고 김포공항까지 동행했다. 봉구는 입을 꾹 다물고 있었다. 나도 해줄 말이 없었다. 공항 이층 대합실에서 비행기를 기다리며 봉구와 나는 그저 앞만 바라보고 있었다. 그때 봉구가 갑자기 머리를 무릎에 처박고 흐느끼기 시작했다. 나는 봉구가 울게 내버려두었다. 그 긴 울음을 나는 오래오래 기억하고 있다. 다시 사막으로 떠난 봉구는 반 년이 미처 못 되어 부상당한 몸으로 돌아왔다. 을지로 백병원에 입원해 있다는 소식은 들었지만 찾아갈 수는 없었다. 제대하고 학교로 돌아오자마자 수배자 명단에 올랐기 때문이었다. 그 생각을 하면 지금도 미안하다. 감옥에서 나와 봉구를 만났을 때, 나는 알았다. 봉구는 다리에 철심을 박고 있었다. 오른쪽 무릎 아래가 기상예보관이라며 봉구는 웃었다. 사막의 현장에서 쿠웨이트 관리와 싸우다가 장비에 깔려 무릎 아래가 으스러졌다고 봉구는 담담하게 말했다.

"앗싸 가오리!" 봉구와 나는 미친 듯이 춤추며 노래했다. 나는 온몸이 땀에 흥건하게 젖도록 춤을 추면서 무언가를 토해내고 싶었다. 그래서 더욱 악을 썼고 머리가 비에 맞은 듯 흠뻑 젖도록 몸을 흔들었다. 보너스 시간까지 합쳐 거의 두 시간이나 노래를 하고 나니 온몸이 축 처졌다. 봉구는 도우미 전봇대들을 내보냈다. 우리는 서로 약속이나 한 듯이 담배를 입에 물었다. 봉구가 라이터를 켜서 내 담배에 불을 붙여주었다. 길고 깊숙하게 담배를 빨았다가 천천히 내뿜었다.

"너!"

봉구가 불쑥 입을 열었다.

"나?"

나는 손가락으로 내 가슴을 찌르며 되물었다.

"너 말고 또 있다냐, 씨벌아?"

"왜에?"

"엄살 부리지 마, 씨벌놈아! 좆도 아닌 것이, 소설이라고 좆도 못 쓰는 것이 폼만 더럽게 잡아불고 말이여. 엄살 부리지 마, 알았어!"

"……"

비수에 가슴을 찔린 듯 한동안 망연자실했다. 노래도 끝났고 춤도 멈추었다. 손이 가늘게 떨렸다. 숨조차 쉴 수 없었다. 말없이 저 홀로 화면을 내보내고 있는, 바벨탑처럼 쌓인 모니터를 막막하게 바라보았다. 옆방에서 악을 쓰며 노래하는 소리가 들려왔다. 그 악다구니가 그렇게 절절할 수 없었다. 노래와 노래 사이로 간간히 침묵이 흘렀다. 누구도 내게 이런 식으로 말해준 사람은 없었다. 필터가 타들어갈 때까지 담배만 뻑뻑 빨았다. 길고 긴 시간이 흐르는 것만 같았다. 봉구한테 바닥을 들켰다는 생각이 들었고, 쥐구멍이라도 있으면 기어들고 싶었다. 땀이 식자 으슬으슬 추웠다. 이제 어디로 갈까? 봉구 때문에 한숨을 내쉴 수도 없어 속으로 꿀꺽 삼켰다.

"한잔 더 할래?"

봉구가 물었다. 나는 고개를 끄덕였다. 봉구는 나를 데리고 상록수역으로 갔다. 밤이 깊었지만 역 앞에는 네온사인이 휘황찬란했다. 적당한 곳을 찾아 천천히 거닐었다. 봉구는 팔자걸음으로 느긋하게 걸으며 포장마차를 기웃거렸고 나는 '엄살'에 대해 생각하며 봉구의 뒤를 따랐다. 엄살…… 나는 정말 절망했던 것일까? 절망해서 숨이 콱콱 막혔던 것일까? 봉구한테 전화를 걸어 호들갑을 떨 정도였으면 죽을 만치 절망했던 것은 아닌 것 같았다. 역시 엄살이었던가? 그런데, 무엇 때문에 절망해야 했던가? 소설을 쓰지 못해서? 평가를 충분히 받지 못해서? 그것이 절망의 이유였다면 나는 조용히 붓을 놓고 작가의 길을 떠나야만 했다. 나의 절망은 문학에 대한, 소설에 대한 모독이었다. 거기에 생각이 미치자 무릎에서 힘이 쭉 빠졌다. 봉구가 포장마차로 쑥 들어가더니 소주와 닭발을 주문했다. 포장마차 안에는 이주 노동자들 셋이서 와자지껄 떠들며 술을 마시고 있었다. 알아들을 수 없는 외국어가 왠지 모르게 가슴 아팠다. 봉구와 나도 소주를 마셨다. 주로 봉구가 전주에서 일을 하며 겪었던 일을 이야기했고 나는 듣기만 했다. 아니었다. 봉구의 얘기를 한 귀로 듣고 한 귀로 흘리면서 도법 스님 생각에 빠져 들었다.

스님은 어떤 사람일까? 어찌하여 저토록 끊임없이 한 곳에 머무르지 않으려 하는 것일까? 도법 스님은 유목민의 영혼을 가진 것일까? "뭐혀, 임마!" 하면서 봉구가 내 머리를 탁 때렸다. 그 바람에 도법 스님에 대한 생각이 순식간에 날아가버렸다. 그렇게 소주 세 병을 비우고 난 뒤에는 아무것도 기억할 수 없었다. 눈을 떴을 때는 여관이었다. 새벽녘까지 함께 있었던 봉구는 보이질 않았다. 머리가 지끈지끈 아팠고 속도 쓰렸다. 봉구는 어디로 갔을까? 휴대폰을 꺼내 시간을 확인하니 벌써 열한시였다. 봉구한테 전화를 걸었다. 꽤 오래 신호가 갔지만 받질 않았다. 휴대폰을 내려놓고 담배를 찾아 물었다.

불을 붙이려다 말고 냉장고에서 생수를 꺼내 벌컥벌컥 마신 뒤에 담배에 불을 붙였다. 첫 모금을 빠는데 구역질이 올라왔다. 캑캑거리며 헛구역질을 하는데 허파가 뒤집히는 느낌이었다. 그래도 담배를 끄지 않고 기어이 피웠다. 담배 연기가 들어가니 면도칼로 목을 긋는 듯 아팠다. 다시 휴대폰을 들고 침대에 벌렁 누웠다. 고객이 전화를 받지 않는다는 안내 목소리가 귀로 흘러들었다. 플립을 닫았다가 다시 열고 통화 버튼을 길게 눌렀다. 지렁이처럼 길어진 담뱃재가 툭 끊기더니 침대 위로 떨어졌다.

"여보시요."

그 순간 봉구 목소리가 툭 터져나왔다.

"야 새끼야, 전화 좀 빨리 받아라!"

나도 모르게 볼멘소리가 나갔다.

"워메 씨벌놈이네. 현장에서 뺑뺑이치는 놈이 워치케 전화를 싸게 받냐?"

순간 머릿속이 멍해졌다. 아닌게 아니라 수화기 저편에서는 건설현장의 망치 소리 비슷한 소음이 한창이었다.

"언제 갔냐?"

나도 모르게 숙연해져서 목소리가 낮아졌다.

"너 잠들자마자 와부렀제."

"어떻게 갔는데?"

"택시 타부렀제. 방법이 있냐? 택시값으로 하루 일당 까묵어부렀지만, 나가 일을 못 허면 현장이 안 돌아강게, 나만 일허는 거시 아닝게, 워쩌? 해장은 혔고?"

"아니."

"전주에 와서 봉께, 해장으로는 콩나물국밥이 최고더라. 너도 그거 한 그륵 묵고 속 채리거라이!"

"너는?"

"쪼깨만 있으면 점심시간인데, 쩌어기 남문시장통꺼정 나가서 콩나물국밥으로 속풀이 혀야제. 아따 씨벌, 어이 김씨! 야, 야, 난 리났다, 담에 보자이."

봉구는 숨넘어가는 소리로 전화를 끊었다. 나는 눈을 감았다. 수화기 저편에서 울리던 현장의 소음이 귀에 쟁쟁했다. 온몸이 침대 속으로 가라앉는 느낌이었다. 손가락 사이의 담배는 이미 꺼진 뒤였다. 아늑한 침대에서 일어나고 싶지 않았지만 끄응, 끙 힘을 써가며 간신히 몸을 일으켰다. 그런 내가 싫었다. 여관에서 나와 해장국집을 찾아 걸었다.

길을 걷는데 다양한 국적의 수많은 이주 노동자들이 눈에 띄었다. 콩나물국밥집은 쉽게 찾을 수 없었다. 하는 수 없이 가까운 곳에 있는 감자탕집에서 뼈다귀 해장국을 먹었다. 속을 달랜 뒤에 문득 창수가 목회하는 교회엘 들러보기로 했다. 창수한테 전화를 했지만 여전히 서울에서 불법체류 딱지가 붙어 있는 이주 노동자와 함께 있다고 했다. 나는 혼자서라도 창수의 교회를 찾았다. 원곡동 골목을 헤맨 끝에 낡은 건물 삼층 유리창에서 '인애교회' 라는 글씨를 발견했다. 사람 사랑이라는 뜻의 인애라는 이름에서 창수의 따뜻한 마음을 읽는 순간 가슴이 울렁거렸다. 창수는 나와 달리 언어에 매달리는 사람이 아니었다. 언제나 말보다 먼저 몸을 움직였다. 교회에서 봉급을 받지 않기 위해 목회가 없는 날은 공장에서 일을 했고, 어떤 때에는 택시운전도 했었다. 교인들의 헌금은 오로지 하나님만 쓸 수 있다며 가장 낮은 곳의 사람들을 위해 사용했다. 그게 하나님의 뜻이라고 창수는 말했다. 인애교회는 나무의자가 열 줄 정도밖에 되지 않는 작은 교회였다. 치장이라고는 중앙에 녹슨 가시철사를 두른 대나무 십자가가 유일했다. 나는 십자가 앞으로 나가 무릎을 꿇고 창수를 위해 기도했다. 침묵의 기도는 길었다. 창수를 위한 기도가 끝나갈 즈음에 도법 스님과 수경 스님이 떠올랐다. 생명평화를 위한 탁발순례를 위해 실상사를 떠나는 운수납자(雲水衲子)의 모습이 뇌리에 그려졌다. 낡은 천을 모아 누덕누덕 기운 옷을 입고 구름처럼 흘러다니며 평화결사의 목탁을 두드릴 도법 스님, 그 곁에 있을, 새만금에서 서울까지 자벌레처럼 대지에 입맞추며 삼보일보를 해낸 수경 스님을 위해서 간절히 기도를 올렸다. 그 외에도 봉구와 나의 가족을 위해서, 육로를 통해 금강산을 갈 때 지척의 거리에서 순간적으로 만났던 국군과 인민군 병사를 위해서, 불법의 사슬에 묶여 있는 이주 노동자를 위해서, 신용불량자로 등록된 매제를 위해서, 모든 가난한 사람을 위해서 오래 기도했고, 아멘으로 기도를 끝내려는 순간, "좆도 아닌 것이"가 떠올랐다. 눈을 떴다. 십자가의 가시철사가 눈을 아프게 찔렀다. 지금까지의 내 기도는 거짓이라고, 그야말로 좆도 아니라는 묵언의 소리가 들려왔다. 눈을 감았다. 맨 먼저 나 대신 고단하게 생계를 이어가고 있는 아내의 얼굴이, 이어서 오랜만에 집에 들어가면 너무나 좋아하는 두 아들의 얼굴이, 또한 언제나 나를 걱정하고 있는 늙으신 어머니의 얼굴이 망막 저편에 떠올랐다. 내 가족이었다. 그 동안 가족에게 행했던 온갖 패악이 나를 삼킬 듯 몰려왔다. 내가 준 지독한 상처에 피눈물을 흘렸던 아내와 그 밖의 모든 사람들에게 부끄러웠다. 나는 나를 위해, 내 위선에 대해 고해하듯이 기도했다. 기도는 곧 울음이 되었다. 나는 어둑한 교회에 앉아 오래 울었다. 볼을 타고 하염없이 흐르는 눈물 위로 종이배처럼 실상사가 떠가고 있었다.

「흰 소」를 찾는 싸움

박수연(문학평론가)

정도상이 봉구라는 인물에서 현재적 난국의 돌파구를 찾는 것은

곧 관념에 지배되지 않는 무매개적 삶의 직접성을 통해 생명에 충실한 현실을

추구하겠다는 생각 때문일 것이다.

물론 몸과 생명의 중요성을 간과할 수는 없지만,

그것이 얼마나 지속적 자기 성찰을 통해

반성적 자기 정립을 이루어 가느냐의 문제 또한 외면할 수 없다.

「실상사」 연작이 소중한 이유는 모든 작품의 결말이 자기 성찰적 귀환을 이룬다는 데 있다.

그 점차적 수행의 자세로 「진여실상」을 찾아가는 자기 탐구를

작가가 게을리하지 않고 있음을 의미한다.

정도상의 소설세계에 익숙한 독자라면, '실상사' 연작을 읽고 모종의 낯익은 '새로움'을 접할 수밖에 없을 것이다. 크게 보아서 '심우도(尋牛圖)'로 상징되는 구도적 삶의 자세가 저간에 있어왔던 그의 현실주의적 필법과 긴밀하게 대응한다고 여겨지지는 않기 때문이다. 더구나 현실에 대한 뚝심 있는 관찰과 묘사로 각광받았던 작가가 「겨울 실상사」에서처럼 분열된 주체의 형상을 드러내는 일에 집중하는 모습을 보는 것은, 있을 수 없는 일은 아니라고 해도 당혹스러운 일임이 분명하다. 그런데도 이 새로움의 당혹감을 '낯익음'과 관련시키는 것은, 그 새로움이 정도상만의 것이 아니라 현재 한국문학의 한 가지 경향인 변화의 동력으로 형성된 것이라는 사실을 뜻한다. 90년대에 들어와서 시인과 소설가들이 '역사적 우울'이라고 할 만한 상태에 접어들면서 제각각의 활로를 모색해왔음은 널리 알려진 바와 같다. 이중에서도 박노해가 '변해야 산다'는 부처의 말을 인용하면서 영성의 세계로 나아가고, 백무산이 선적 구도의 노래를 불러왔다는 사실은 정도상의 '실상사' 연작을 읽을 때 가장 먼저 떠올림직한 사항이다. 넓게 보아서 근대적 삶과 혁명에 관한 사유와 실천으로 정리할 수 있을 80년대적 문제설정이 근본적 질문의 대상이 되고, 이것을 서구적 근대의 편향으로 되매김하면서 사람들은 이미 익숙해 있으나 반성적이고 분석적인 지식으로 자기화하지는 않았던 동양으로 눈을 돌리기 시작했다. 정도상의 소설이 '낯익은 새로움'을 보여준다는 것은 그가 그 변화에 대한 내외적 요구를 실현하는 동시에 그처럼 자신에게 소여되었던 삶과 사유의 터전을 새롭게 바라보기 시작했다는 의미를 갖는다.

이것이 80년대적 편향에서 자기 모색을 감행한 한국문학의 필연성이라면, 이는 '변화해야만 한다'는 요구가 한국문학의 한 축을 형성해와서 드디어 손에 잡히는 구체적 형상에 이르렀음을 가리킬 것이다. 그런데 그것이 '모종의' 것이라는 점에서 이 연작은 아직은 미지의 결론을 제출하는 것이라고 할 수 있다. 변화를 향해 열려 있기는 하되 그 변화의 미래적 성과를 예측할 수는 없으리라는 점에서 그렇다. 예측할 수 있는 것이 있다면 그것은 한국문학의 강한 현실주의적 전통이 자신의 미적 척도를 스스로 붕괴시키면서 형성하는 새로운 가능성에 대한 기대이다.

붕괴되면서 만들어지는 새로운 미적 척도의 예를 들면, 「봄 실상사」는 옛 애인 운서를 마음속에서 떨치지 못하는 주인공 내가 실상사에서 겪은 경험을 징후적 환상의 형태로 펼쳐놓은 작품이다. 나는 실상사에서 운서를 만나지만, 운서는 언제나 소멸의 형식으로서만 존재한다. 이를테면 운서는 사라짐을 반복하는 인물이다. 그렇기 때문에 나는 더욱더 운서에게 집착할 수밖에 없는데, 불현듯 어떤 미몽을 깨치는 순간이 온다. 운서 자신이 나는 운서가 아니라고 말하면서 냉정하게 돌아선 직후가 그때이다. 나에게 남은 것은 운서, 혹은 운서가 타고 온 빛나는 자전거가 아니라 망가진 자전거이다. 주인공 나에게 멍한 혼란이 오듯이 독자들도 이것이 환상인지 실제인지 혼동할 수밖에 없다. 요컨대 이때는 주체 분열이 일어나는 순간이다. 그리고 그렇기 때문에 그것이 실제인가 환상인가 하는 문제는 중요하지 않다. 나의 지금까지의 삶이 운서라는 '실재(the real)'를 추구해왔던 시간의 연속이라면, 그 실재란 백일몽과 같은 환상으로 밖에는 만날 수 없기 때문이다. 모든 삶은 실재를 현실의 막에 얼핏 드리우는 징환(徵還)의 연속인 것이다.

동일한 제목을 가진 첫 작품이 징후적 환상으로 시작된다면, 뒤의 작품들은 그것의 환유가 될 터인데, 이런 필법은 정도상에게는 상당히 낯선 것이다. 이런 필법이 정도상에게 나타난다는 것은 90년대적 작풍의 한 경향이 그에게 일정하게 내면화되었음을 의미한다. 그 작풍은 부재하는 실재를 미끄러지는 기표의 연쇄로 표현하는 일군의 작품들을 통해 두드러진 바 있다. 정도상은 그것을 그대로 반복하지 않고 그의 문학적 이력을 빌려 반복한다. 미끄러지는 것은 언어뿐만이 아니라 현실이기도 하다는 것. 이를테면, 운서의 행적에 의해 환기되는 그의 '전사'로서의 삶은 지속적 결여의 상태에 놓일 수밖에 없는 것이 된다.

그렇다고는 해도 그의 문학적 지향이 90년대식의, 뿌리를 상실한 내면에 머물러 있다고 생각할 수는 없다. 정도상이 어떤 작품 세계를 거쳐왔는가에 대해 말하는 것은 새삼스러운 일일 테지만, '실상사' 연작이 갖는 가능성을 검토하기 위해서는 그의 '문예전사'(이 말은 오창은의 것이다)로서의 이력이 전제될 수밖에 없겠다. 그의 소설들이 보여주는 현재적 진면모가 그것들로부터 가지를 뻗어왔으리라는 당연한 생각이 하나의 이유이고, '실상사'라는 제목이 전달하는 불교적 구도의 세계로 그의 주제의식을 한정 짓지 않아야 한다는 것이 또다른 이유이다. 그의 최근의 소설은 자신의 과거로부터 현재와 미래를 규정받으면서 연속되고, '흰 소'의 탐구로 제시되는 불교적 구도의 세계에 의해 단절되는데, 이 후자에 대해 현실 초월적 영역으로의 잠행이라고 이해할 수만은 없는 내용이 있음을 동시에 고려해야 한다는 것이다. 실상 현실로부터 후퇴해서 내면으로 들어간 90년대 소설의 주류적 경향에 유비해서 말한다면, 서구적 근대로부터 동양적 사유로의 회귀는 외부로부터 내부로 전환하는 일과 맥락을 같이하는 것이다. 정도상의 소설이 연속과 단절로 이해되어야 한다는 것은, 그 전환이 90년대적 반작용과 같은 단절을 부각시키기보다는 과거의 현실적 싸움을 지속시키면서 새로운 미래를 지향한다는 점을 지적하기 위해서이다. 정도상을 비롯하여 작년 한 해만 해도 방현석과 박영근이 주목할 만한 문학적 성과를 냄으로써 그 동안 적잖이 홀대받아온 그 경향의 내적 역량을 부각시킨 바 있다. 이로써 새로운 세기의 한국문학은 90년대적 반작용에 대해 거꾸로 작용하는 움직임을 갖게 되었다. 미리 말하면, 정도상의 소설은 90년대 이후의 주류적 경향을 거슬러가면서 연속과 단절이라는 창조의 양날을 벼린 미학적 고투의 복합물이라고 할 만하다.

「여름 실상사」와 「가을 실상사」 「겨울 실상사」는 「봄 실상사」와 「내 마음의 실상사」로부터 소재상으로는 거리를 두고 있으나 주제상으로는 연결되는 작품들이다. 세 작품은 차례대로 '여대생' '탈향민' '자본가'의 타락과 비극을 다룸으로써 지금 이곳의 현실이 엄연히 자본주의적 욕망에 사로잡힌 채 파괴되어가고 있는 중이라는 점을 부각시킨다. 이 부각이 앞에서 말했듯이 「봄 실상사」의 환유인 것은(그 역도 가능하다) 세 작품 모두 궁극적인 삶의 실재와 만나지 못한 채 징환 속에서 마모되는 인물들을 변개시키고 있기 때문이다. 「여름 실상사」는 지방 출신 여대생이 명품으로 상징되는 자본주의적 욕망의 포로가 되었다가 타락하는 과정을 보여준다. 이 인물의 지친 심신을 위로하는 것은 실상사 주변의 의연한 나무와 상처 입은 몸을 감싸주는 저녁 종소리이다. 이것이야말로 자본주의적 삶의 파괴성에 대한 본성적 생명의 대안을 강렬하게 상징한다. 나무가 그 자체 유기체라는 점에서 그렇고 저녁 종소리 또한 낙태의 상처를 지니고 있는 주인공의 자궁 속으로 밀려드는 것이다. 「가을 실상사」는 「여름 실상사」와는 반대로 자본주의적 욕망의 도시에 적응하지 않으려는 인물인 현우의 죽음을 다룬다. 이 비극은 타의에 의한 강요로부터 비롯되는 것이기 때문에 일층 강도를 더하는데, 현우의 형인 나는 현우의 뼛가루를 고향집 마당에 묻고 어린 시절의 기억 속에서 상념에 젖는다. 이 상념은 근대적 발전의 이념이 얼마나 터무니없는 것인가를 돌이켜보는 행위이다. 발전이란, 실은 충만했던 삶의 내재성을 텅 빈 폐허로 만드는 것에 지나지 않는다는 결론이 그것이다. "지리산으로 들어오는 도로가 좋아지면 좋아질수록 마을은 텅텅 비어만 갔"(133쪽)던 것이다.

「겨울 실상사」는 그 근대적 발전의 이념을 밑받침으로 성공을 위해 수단을 가리지 않는 인물의 분열된 자아상을 형상화한다. 여기에는 두 가지의 분열이 있다. 우선, 주인공의 분열 : 이것은 자본의 권력과 욕망에 휘둘리는 냉혹한 존재이면서 아이들에게는 좋은 아버지의 모습을 실현하는 인물이라는 삶의 내용 차원의 분열이다. 다음, 내가 나를 객관화하여 타자로 관찰하는 분열 : 이것은 삶이 존재하는 방식을 드러내는 형식적 차원의 분열이다. 여기에서도 정도상의 새로운 창작방식을 볼 수 있는데, 이는 그 자신에게도 낯선 경험이었던 듯하다. 다음과 같은 진술 태도가 그것을 시사한다.

나는 망설이지 않고 너의 심장을 향하여 비수를 찔렀다. 불의의 일격을 당한 너는 피를 분수처럼 내뿜으며 나를 보았다. 하얀 눈 위로 붉은 피가 점점이 뿌려졌다. 너는 몸부림을 치다가 눈 위로 푹 쓰러졌다. 나는 살겠다고 몸부림치는 너를 가만히 들여다보았다. 그러다 말고 흠칫 놀랐다. 너의 눈동자 속에 내가 담겨 있었다. 심장에 비수를 꽂고 살겠다고 몸부림치고 있는 나. 석등 속에서 빛을 뿜어내던 불꽃이 심하게 흔들렸다.(161쪽)

'나'는 '너'의 행동을 낱낱이 관찰하는 인물인데, 작품의 결말에 이르러 그 '너'가 '나'였음이 밝혀지는 것이다. 갑작스러운 이 전환이 무리 없이 제시되는 것은 너의 삶 자체가 이미 파편화되어 있기 때문이다. 그리고 나 또한 너처럼 돈을 위해 일하는 자라는 점이 결말에서의 주체 분열을 예상 가능한 일로 만든다. 자본주의적 욕망이라는 프리즘으로 보면 너는 나이고 나는 너이기 때문이다. 그런데 그 분열을 대하는 인물이 놀람 속의 몸부림으로 그것을 거부하고 있는 것이다. 이 놀람은 그대로 작가의 저간의 필법에 대비되는 낯섦으로 치환되고 이것은 다시 작가 자신의 낯섦으로 유비된다(이 낯섦에 대한 작가의 동기 부여는 이 글의 끝에서 살펴볼 것이다).

이 낯섦은 90년대의 여러 소설 속에서 많이 실험되었던 방법이지만, 동시에 90년대의 여러 소설들이 현실의 도저한 소외와 불모성을 그것 자체로 그려내는 데서 그쳤다는 점을 지적해두기로 하자. 그 작품들에 대비시켜볼 때, 위의 작품들이 공통적으로 갖는 요인은 현실의 타락에 대한 작가 나름대로의 처방을 내놓는다는 점이다. 이를테면 정도상의 소설은 다분히 정신분석학적 필법을 활용하면서도 현실의 왜곡과 싸우고 그것을 폭로하며 그에 대한 현실적 대안을 찾아내는 데 집중하고 있다.「여름 실상사」에서 그것은 '나무' '종소리' 이고「가을 실상사」에서는 고향의 저녁 풍경이며「겨울 실상사」에서는 자기의 죽임이다.「내 마음의 실상사」는 '실상사' 연작을 총괄적으로 의미화하는 작품이다. 이 작품에는 '주인공-작가' 가 방황하는 이유와 경로 그리고 자기 성찰의 계기 및 "좆도 아닌 것" 이라는 뼈아픈 자기 확인이 있다. 나는 소설가이자 사회운동가이지만 창작의 출구를 상실한 존재이다. 창작을 위해 실상사에 왔지만 나는 실패만을 거듭할 뿐이다. 내가 택하는 마지막 방법은 고향을 향해 걸어가서 육체노동자 봉구를 만나는 것이다. 나와 봉구의 삶은 이 작품의 중요한 두 축이다. 이 삶의 축에 따라 이야기들은 두 개의 대열로 나뉜다. 연애가 그렇고 노래방에서의 노래가 그러하며 삶과 죽음에 대한 태도가 그렇다. 이뿐만이 아니다. 창작을 할 수 없는 상태의 내 모습이 봉구에게는 "좆도 아닌 것" 의 엄살로 비쳐지는 것이다. 울음도 그럴 것이다. 작품 결말에서 터져나오는 나의 울음은 이 모든 것을 확인한 자의 근원적인 자기 고백인 셈인데, 독자들은 여기에 이르러 박노해가 교도소 호송차에 동승했던 여자의 말을 듣고 오만했던 지식인의 삶을 반성하며 썼던「序·그 여자 앞에 무너져 내리다」(『사람만이 희망이다』)를 떠올리게 된다. 정도상에게는 여전히 더 내려가야 할 저 밑의 삶이 있는 것이다.

그리고 이것의 또다른 모습을 독자들은 실상사 연작 전체를 주제화하는 '흰빛'과 '흰 소'를 통해 만난다. 정도상이 암시하고 있듯이 「내 마음의 실상사」는 박범신의 「흰 소가 끄는 수레」가 보여준 주제의식과 형식을 반대 방향에서 실험한 작품이다. '실상사' 연작 전체는 '흰 소'를 거부하는 단계에서 그것을 수용하는 단계로 나아가는 과정을 보여준다. 비교적 최근의 작품들만을 대상으로 해서 말한다면, 정도상의 소설에서 반복적으로 부각되는 이미지가 바로 '흰빛'이다. 『푸른 방』에서 그것은 '흰빛'과 '흰 소'로 『누망』에서는 '흰 새'로 '실상사' 연작에서는 '흰 소'와 '흰눈'으로 나타난다. '흰색'은 모든 존재의 빛이 들어가고 나오는 색이다. 이것은 '0'이라는 숫자가 모든 수의 완성이면서 출발인 것과 같다. 독자들은 어떤 공통적 심성이 여기에 있다고 문득 느낄 것이다. 어떤 연유가 있는가 하면, 백무산이 오랜 방황 끝에 사람들 앞에 가져온 시집 『인간의 시간』 첫머리에서 말한 것이 바로 완성이자 출발인 숫자 0이었던 것이다. 그에 대비되는 자리에서 황지우는 역사적 상실감의 우울증을 '우울한 거울'에 비친 상념의 분열증적 존재로 표현했다. 거울 앞의 존재가 자신을 상실하는 때는 그 존재가 투명한 빛 속으로 휘말려들어가서 빛의 분산에 압도되는 때이다. 동시대를 살아온 이 둘은 어떤 관계를 형성하는 것일까? 무릇 생성은 한 존재의 소멸을 거쳐간다지만, 백무산과 황지우가 투명한 공간에서 실현하는 새 세계가 환희로만 점철되지는 않는다는 점을 주목해야 할 것이다. 백무산은 생성의 궁륭과도 같은 부드러움을 말하지만 황지우는 존재 상실의 고통을 예각화해서 보여준다. 이것은 모순인 것일까? 동일한 시대를 거쳐온 문학인들이 그 시대에 대해 강하게 대비되는 반응을 내놓는 것은, 백무산의 경우 절망 이후의 신생을 표현하고 황지우의 경우 절망의 구조 자체를 표현한다고 할지라도, 그 반응을 불러온 동일한 원인 안에 이유가 있다고 해야 한다. 그 둘의 차이를 시간이 경과된 정황의 차이로, 가령 백무산은 절망을 극복한 시간에 속한 사람이며 황지우는 절망의 시간에 속한 사람이라는 방식으로 구분/환원하는 것은 정확한 이해가 아닌데, 왜냐하면, 신생과 절망이란 동시대가 스스로를 변용한 속성일 것이기 때문이다. 이렇다면, 그 두 세계란 동일한 영역에서 서로 다른 성격으로 건너다니는 삶의 질적 도약에 관한 이야기가 된다. 정도상의 '흰빛'과 '흰 소', 백무산의 '숫자 0', 황지우의 '투명한 거울'은 그러므로 절망으로 점철된 동시대의 역사적 우울을 고통과 환희의 형식으로 바꿔놓은 것이라고 할 수 있다.

문제는 정도상의 소설에서처럼 사람들이 모두 '흰 소'를 만날 수 있는가이리라. 정도상도 '흰 소'와의 만남을 두려워했기 때문이다. 연작의 첫번째 작품과 마지막 작품에서 인용해보자.

하얀 옷을 입은 사람이 자전거를 타고 석장승 앞을 지나 실상사로 오고 있는 모습이 시선에 잡혔다. 하얀 옷과 자전거에서 나는 눈길을 떼지 못했다. 햇살, 너풀거리는 하얀 옷, 두 개의 동그라미로 굴러가는 자전거, 가슴이 덜커덩 내려앉았다. 떨리는 가슴을 손으로 쓸어내리며 눈에 힘을 주었다.(10쪽)

　형과 동생이 내원사 바깥에 흰 소를 묶어두고 방으로 들어와 함께 가자고 졸랐다. 죽은 사람들이 어떻게 왔느냐고 내가 물었다. 이복형은 빙그레 웃었고 동생은 좋은 데가 있으니 함께 가자고 간청했다. 싫다고 했지만 동생은 내 손을 잡아 일으켰다. 안 되는데, 안 되는데 하면서 나는 일어났다. 동생의 손에 이끌려 내원사 밖으로 가니 과연 흰 소가 앉아서 내게 등을 내밀었다. 꿈에서도 나는, 흰 소를 타면 죽는다는 생각이 퍼뜩 들었다. 절대로 탈 수 없다고 버텼다.(171쪽)

　'흰빛―흰 소'에 대한 두려움은 가히 외경적인데, 주인공인 '나'는 '흰빛' 앞에서 "떨리는 가슴을 손으로 쓸어내리"고 '흰 소' 앞에서 "절대로 탈 수 없다고" 버티는 것이다. 이 놀람과 버팀에는 둘 다 죽음이 관련되어 있다. 「봄 실상사」에서 그 죽음은 나의 애인이었던 운서와 이별하지 않기 위해 벌였던 자살 소동에 의해 환기되고 「내 마음의 실상사」에서는 현재적 삶의 집착과 침잠에 의해 환기된다.
　이 환기가 이중적이라는 점이 중요하다. 「봄 실상사」에서의 자살 소동은, 짐짓 해보는 제스처이기는 하지만, 운서와의 시간을 소멸시키지 않기 위해 자신의 삶을 소멸로 밀어넣는 행위이다. 에피소드의 맥락으로 본다면, 내가 죽고(소멸) 운서가 평생 나를 기억하거나(불멸), 아니면 내가 치욕 속에서 살고(불멸) 운서가 떠나거나(소멸) 둘 중의 하나로 사건이 귀결될 텐데, 표면화되는 것은 후자이다. 이를테면 하나의 불멸이 하나의 소멸로 귀결되는 시간을 나는 살아온 것이다. 삶의 이 배리(背理), 혹은 결코 만나거나 화해할 수 없는 것들의 병행이 존재의 근원적 조건이라는 사실을 작가는 "사(死)는 것은 사(生)는 것이었다"(48쪽)는 말로 정리한다. 이렇다면 「봄 실상사」는 분별지의 시비를 넘어설 것을 요구하는 작품이 된다. 「내 마음의 실상사」에서의 죽음은 보다 직접적이다. '움직이면 살고 멈추면 죽는다'는 봉구의 말이 그것인데, 이러한 생과 사의 간결직절함을 깨닫게 하는 것은 마음의 집착을 버린 채 "꿈틀거리며 뒤엉키고 어딘가로 기어가는"(180쪽) 몸의 삶이다. 이것은 그 자체로 '죽음을 거부하고 저항하는' 삶인데, 여기에는 한 곳에 안주하지 않으려는 부정의 정신이 있다. 이 부정이, 두번째 사우디 행을 앞둔 봉구의 울음으로 암시되는 것처럼, 고통스러운 자기 부정을 거쳐야만 하리라는 사실을 독자들은 어렵지 않게 알아차릴 수 있다. 요컨대 집착하는 자기를 죽이고 월경(越境)하는 자기를 실현하는 움직임이 여기에 있다. 이것은, 상식적인 의미에서의 성공과는 거리가 먼 움직임이며 오직 생명의 본성을 실현하겠다는 의지로 충만한 움직임이기 때문에 죽음 이후의 신생이라는 주제의식이 도드라진다. 죽음의 직접성이 삶의 직접성을 불러온 것이다.

좀더 나아가서 이야기한다면, 한 시대의 신생은 모순적 조건들의 동시적 작동을 전면적으로 밀어붙이는 육체적 고투와 통한다고 할 수 있다. 그렇다고 이것을 노동하는 삶의 우월성을 주장하는 내용이라고 해석할 수는 없다. 차라리 이 육체적 고투는 무매개적 삶의 직접성과 관련되는 것이다.

그런데 바로 여기에서 정도상의 소설은 지금까지의 경향과는 다른 역편향으로 나아갈 수도 있음이 지적되어야 할 것이다. 이른바 생철학적 실천의 위험이 있는 것이다. 실로 80년대는 생철학적 경향에 대한 비판의 시대였다. 그 경향의 정점에 있는 니체는 파시즘의 기초를 제공한 사상가로 비난받았다. 루카치에 따르면, 생철학의 위험성은 그것이 파시즘과 직접 관련되기 이전에 이미 파시즘이 발흥할 수 있는 분위기를 마련한다는 데 있다. 물론 정도상의 관심은 휘어진 철사에 대한 일종의 역구부리기 전략이라고 해야 하는데, 그 휘어진 철사란 근대적 이성중심주의가 불러온 편향을 의미한다. 정도상이 「내 마음의 실상사」의 봉구와 같은 인물에게서 현재적 난국의 돌파구를 찾는 것은 곧 관념에 지배되지 않는 무매개적 삶의 직접성을 통해 생명에 충실한 현실을 추구하겠다는 생각 때문일 것이다. 이와 반드시 동일하지는 않으나 90년대에 부활되었던 니체주의는 몸과 생명의 우월성에 대한 주장을 강하게 내세웠다. 당연히 몸과 생명의 중요성을 간과할 수는 없지만, 그것이 얼마나 지속적 자기 성찰을 통해 반성적 자기 정립을 이루어가느냐의 문제 또한 외면할 수 없다. 이를 테면 한 번 깨닫고 끝나는 태도가 아니라 돈오점수(頓悟漸修)의 태도가 필요한 것이다. 위와 같은 점을 경향적 위험성으로 지적할 수는 있어도 정도상에게 그것이 전면화된 것은 아니다. '실상사' 연작이 소중한 이유는 모든 작품의 결말이 자기 성찰적 귀환을 이룬다는 데 있다. 작품들이 매번 그렇다는 것은 바로 그 점차적 수행의 자세로 '진여실상'을 찾아가는 자기 탐구를 작가가 게을리하지 않고 있음을 의미하겠다.

자기 탐구의 부지런함이란, '흰 소'를 만나기 위해 현재의 나를 버리거나 나아가 죽음마저도 불사해야 한다는 말이 된다. '흰 소'를 두려워하는 것은 죽음을 두려워하는 것이다. 이렇게 해서 '흰 빛'과 '흰 소'에 대한 외경적 두려움은 진정한 자기 탐구에 이르지 못한 채 현재적 삶에 대한 집착에서 비롯된다는 사실이 밝혀진다. 두렵기는 하되 외경적이라는 것은 거부와 매혹의 심리가 동시에 있음을 가리킨다. 나는 운서의 모습에 사로잡힌 채 흰빛을 보고 가슴을 쓸어내리고 과거에 주어진 목숨을 유지하기 위해 흰 소의 등에 타지 못하는 것이다. 이것을 인식하는 것은 다시 말하지만 그 인식의 구체적 실현과는 다른 차원의 것이다. 작가의 자전적 형상이 반영된 듯한 주인공은 이미 '흰 소'의 의미에 대해 알고 있는데, 김지하의 시 『애린』의 한 구절을 인용하거나 박범신의 「흰 소가 끄는 수레」에 큰 영향을 받았음을 고백하는 장면이 그렇다. 그는 그가 도달해야 할 장소를 분명히 보고 있다.

그런데 그 장소에 바로 봉구의 생애로 압축되는 삶이 있는 것이다. 그렇기 때문에 정도상이 '나는 매문하지 않겠다'고 선언하는 목소리는 '나는 자본의 힘을 빌려 글 쓰지 않겠다'는 말로 울려 퍼진다. 그리고 이것은 비단 글쓰기의 차원으로 한정되는 일이 아니라는 사실에 대해서는 두말할 필요가 없다. 이 순정을 그 동안 우리는 얼마나 잊은 채 살아왔던가.

이런 연속성을 한편으로 하면서 다시 정신분석학적 담론을 활용하고 불교적 구도의 자기 정립을 이야기하는 진술 형태로 새로움을 실현하는 작가의 미의식에 대해 살펴보아야 할 것이다. 정도상의 미적 척도가 변하기 시작했다는 점을 이해하기 위해서는 다음과 같은 그의 말을 고려해야 한다.

나는 리얼리즘을 버리고자 한다. 리얼리즘을 버리지 않는다고 해서 형상과 인물이 생생하게 형상화되는 것은 아니다. 현실과 인물에 대한 생생한 형상화를 통해서야 비로소 리얼리즘에 가 닿는 것이다. 다만 리얼한 삶을 그리고자 몸부림칠 것이다. (『실천문학』 2004년 여름호)

이를테면, 리얼리즘을 버림으로써 삶의 리얼에 도달하고자 하는 결단이 여기에 있다. 나를 분열시킴으로써 나를 객관화하는 「겨울 실상사」와 같은 작품은 이런 작가의식의 소산일 것이다. 분열로써 나를 객관화한다는 것은 나를 타자화한다는 말과 같다.

이 타자를 있는 그대로 인정하는 것, 그리고 그 다음에 그 타자와 함께 현실의 행정을 구성하는 실천이 있을 때 삶의 참된 세계가 열릴 것이다. 지젝은, 십자가에 못박힌 예수가 '주여 나를 버리시나이까' 라는 애소로 타자를 인정하고 유물론자가 된다고 말한다. 예수의 그 말이 육체적 고통의 극단에서 나오는 것이라면, 정도상이 위의 진술 다음에 "내가 소망하는 것은 (정신의 말이 아니라 ; 인용자) 육체에서 나오는 생생한 말, 비린내 나는 냄새들이다"라고 덧붙이는 것이 바로 그것과 통할 것이다. 한 가지를 더 말한다면, 타자를 인정하는 유물론자로서의 예수가 그 말 다음에 이 말을 이어놓는다는 사실이다. "이제 모든 것을 이루었도다." 이 말은 관념적 유희로서의 정신을 버리려는 유물론이, 관념을 벗어나되, 실천으로서 타자와 함께 세상을 꾸려가는 일의 중요성을 인정하는 것이 아닐 수 없다. 이 '실천' 이란 말을 지금에 와서는 미래에 대한 기획이라는 말로 바꾸어 부를 수 있을 것이다. 가령, 「내 마음의 실상사」에서 봉구가 나의 노래에 대해 "느자구 없다"(194쪽)고 비판하는 태도 또한 봉구가 삶을 기획하고 실천하는 것의 분명한 예증인 것이다.

그렇다면, 정도상은 지금 심우도의 어느 단계에 도달한 것일까. 봉구에게서 삶의 한 방식을 촉발받는다는 것은 그가 최소한 '득우(得牛)' 의 단계에 도달했음을 의미한다. 그런데 봉구의 삶이 세상 속 고초의 그것이라는 점을 고려한다면 그는 중생 제도를 위한 '입전수수(入廛垂手)' 의 단계로 나아간 것이라고 볼 수 있는 것은 아닐까? 그렇지만 그것을 가리는 것 또한 분별지에 해당할 것이므로, 그리고 중요한 것은 화엄적 일즉다(一卽多)로서 하나의 실행을 두루 상통케 하는 일일 것이므로 독자들은 세상을 향한 그의 창조적 실천이 지속되는 순간을 기대해야 할 것이다.

마지막으로 정도상에게 부탁하고 싶은 것은 일본의 철학자 니시다 기타로가 화엄적 일즉다의 세계관을 팔굉일우(八紘一宇)의 천황제 파시즘으로 전회시킨 경우를 고려해야 하리라는 점이다. 한 발 헛디디면 자기 내면을 비워버린 채 절대적 타자의 긍정에 의탁한 파시즘적 세계관으로 귀결될 수도 있기 때문이다. 물론 정도상은 그 위험으로부터 벗어나는 길을 잘 알고 있다. 독자들도 알다시피 그는 현실과의 싸움을 충분히 수행한 작가이고 여전히 수행하는 작가이다. 그렇다는 점에서 그의 내면은 텅 빈 내면이 아니라 충만한 내면이다. 그가 리얼리즘을 버리겠다고 말하는 것은 그 세계를 지켜나가는 싸움의 방식을 달리하겠다는 말일 터인데, 이것은 그대로 현실 모순의 확장과 심화를 인정하면서 그것과 대결하겠다는 자세를 드러내는 것이 아닐 수 없다. '흰 소'를 찾는 싸움이 새로 시작된 것이다.

작가의 말

마천초등학교 일학년 봄, 첫 소풍을 실상사로 갔었다. 김밥이 뭔지도 몰랐던 누나가 찌그러진 도시락에 보리밥과 김치를 싸주더니 일원짜리 동전 하나를 손에 쥐어주었다. 일원이면 눈깔사탕이 두 개였다. 그래서 행복했다. 줄줄이 사탕과 미원과 미풍이 걸려 있던 구멍가게와 머리를 쥐어뜯던 이발소와 삼거리 주막과 물레방아 아래의 뜬소문과 계절마다 찾아오던 사냥꾼과 땅꾼 들로 내가 살던 마을은 늘 풍성했었다. 뜨거운 여름 어느 날 오후 세시쯤, 물레방아 아래의 쏘(沼)에서 돼지 멱따는 소리가 온 동네에 울려퍼지면 그렇게 신이 날 수가 없었다. 온갖 부위별로 해체된 고기는 삼거리 주막에서 푹 삶아져 술꾼들을 기다렸다. 검은 털이 숭숭 박힌 비계 한 점이 얼마나 먹고 싶었던지 모른다. 어쩌다 아버지나 이발소의 택경이 아버지가 고기를 한 점 내밀었고, 굵은 소금 찍어 입 안에 넣으면 사탕처럼 살살 녹았다. 세상은 아름다웠다. 꼬마들은 오줌보를 얻어 골목이나 학교 운동장에서 축구를 했다.

그리고 세월이 흘렀다.

내 영혼에 자잘한 기록을 남기고 이제는 사라진 모든 것들에 경배하고 싶다. 돼지 오줌보로 축구를 하던 동무들의 거친 숨소리가 그립다.

긴 여행을, 아니 긴 모험을 떠나고 싶다. 허벅지며 가슴에 거머리가 달라붙어 피를 빨아대는 것도 모르고 늪에서 허우적거리다가, 황량한 초원으로 나와 또다시 마냥 걷고 방황하다가, 문득 더러워진 옷을 벗으면 그 속에서 마른 거머리가 몇 마리 툭 튀어나올 만큼의 모험에 육체를 몽땅 던져넣을 수 있다면 얼마나 좋을까? 그것도 아니라면 겨울 하얼빈이나 북간도에서 영하 사십 도의 혹한을 퉁퉁하게 살이 찐 이 육체에 생생하게 기록할 수 있다면 얼마나 다행일까? 요즘엔 그런 상상에 빠져 있다. 내 영혼은 이제 바닥을 드러냈다. 마음을 담아내는 글 한 줄 쓰기가 너무 어렵고 힘들어 자주 막막해지곤 했다. 산다는 게 참 치사하다. 지금 욕망의 의지가 나를 끌고 가고 있다. 아울러 허위의 의지가 나를 끌고 가고 있다. 욕망과 허위의 의상을 벗겨내면 나는 허연 비곗덩어리에 불과하다. 이것이 본질이다. 그래서 슬펐다.

문학동네 소설집
실상사
ⓒ 정도상 2004

초판인쇄 | 2004년 7월 7일
초판발행 | 2004년 7월 15일

지 은 이 | 정도상
펴 낸 이 | 강병선
책임편집 | 차창룡 조연주 김송은
펴 낸 곳 | (주)문학동네
출판등록 | 1993년 10월 22일 제406-2003-045호

주   소 | 413-756 경기도 파주시 교하읍 문발리 파주출판도시 513-8
전자우편 | editor@munhak.com
전화번호 | 031) 955-8888
팩   스 | 031) 955-8855

ISBN 89-8281-843-X 03810
* 이 책은 한국문화예술진흥원의 문예진흥기금을 받아 출간되었습니다.
* 이 책의 판권은 지은이와 문학동네에 있습니다.
   이 책 내용의 전부 또는 일부를 재사용하려면 반드시 양측의 서면 동의를 받아야 합니다.
* 잘못된 책은 바꿔드립니다.

www.munhak.com